Andy Tricker

Voy a vivir

ALERTA ROJA

gran angular

sm

Dirección editorial: **María Jesús Gil Iglesias**
Colección coordinada por **Begoña Oro Pradera**

Primera edición: mayo 1989
Décima edición (3.ª en Col. Alerta Roja): octubre 1998
Undécima edición (4.ª en Col. Alerta Roja): mayo 1999

Traducción del inglés: *Enrique Zabala*
Ilustración de cubierta:
Mya Kramer/PHOTONICA COVER
Diseño de cubierta: *Estudio SM*

Título original: *Accidents will happen*
Publicado por André Deutsch Limited, Londres

Joaquín Turina, 39 - 28044 Madrid

Comercializa: CESMA, SA - Aguacate, 43 - 28044 Madrid

ISBN: 84-348-5251-9
Depósito legal: M-17017-1999
Preimpresión: Grafilia, SL
Impreso en España/*Printed in Spain*
Imprenta SM - Joaquín Turina, 39 - 28044 Madrid

ERA un frío viernes de abril. Un día cualquiera de escuela para Andy Tricker, un aprendiz de mecánica, que intentaba conseguir el título de oficialía.

La tarde estaba muy avanzada y Andy dio por finalizada su jornada laboral. Estaba subiendo con su moto una cuesta muy pronunciada cuando empezó a llover. Agachó la cabeza para evitar que la lluvia le cegara, y solamente de vez en cuando la levantaba para otear la carretera.

De repente vio a poca distancia una sombra y todo se convirtió en un juego de colores, reflejos y figuras rotas.

Andy se dio cuenta de que estaba tirado debajo de un camión y quiso salir de allí inmediatamente, pero no pudo. Se imaginó que todo era una pesadilla. No se dio cuenta de que estaba totalmente paralítico.

Prólogo

ESCRIBÍ este libro para mi madre, mi padre y mi novia porque ellos me pidieron que escribiera algo sobre lo que, a mi juicio, era lo peor que puede suceder a alguien. Yo tenía diecisiete años y hasta entonces solamente había estado enfermo de sarampión, varicela y otras enfermedades menores. En realidad nunca había estado en un hospital.

Ese año, un día, al volver de mi trabajo a casa en la moto choqué contra la parte posterior de un camión y quedé completamente paralítico.

1 *Hogar y familia*

ANDY, son las ocho menos veinte.

—Ya voy —dije desperezándome.

Me di media vuelta y miré al techo de mi habitación.

Jamás me imaginé que, durante muchos meses, sólo vería un techo. Aparté las mantas y me levanté con decisión. Durante unos instantes intenté librarme del sueño que atenazaba mis ojos. Me agaché para recoger mi ropa de trabajo y de repente me acordé que estábamos a viernes. Yo trabajaba de aprendiz de mecánico en un gran garaje cerca de la ciudad de Ipswich y los viernes asistía a una escuela profesional para sacar el título de mecánico.

Me acerqué a mi armario, cogí mi ropa limpia y entré en el cuarto de baño. Me lavé, me vestí y me arreglé. Después de peinarme abrí la puerta, bajé al piso inferior, crucé la cocina y entré en el comedor donde mi madre y mi hermana de diez años estaban desayunando.

Veía a mi madre y a mi hermana Lou de lunes a viernes, y solamente durante el desayuno. Por la tarde, cuando regresaba a casa, mi madre estaba fuera, en su trabajo, y mi hermana jugando en la calle. Y cuando volvía de la casa de Kate, mi novia, ya estaban acostadas.

Terminé de tomar el té, me puse de pie y cogí mi cazadora de cuero. Mi madre siempre tenía mis cosas listas, así que no necesitaba preocuparme de nada. Me abroché el último botón de la cazadora, me coloqué la mochila, me ajusté el casco y los guantes y grité: «¡Adiós, mamá; hasta la noche!»

—¿Llevas dinero, Andy? —me preguntó.

Yo no ganaba mucho dinero y nunca me llegaba para toda la semana, así que mi madre completaba mi presupuesto.

—No; no necesito —le respondí.

—Toma algo de dinero —y me entregó una libra al tiempo que yo me iba hacia la puerta del garaje.

—Gracias, mamá; hasta la vista —le dije, y abrí la puerta del garaje de par en par.

—El dinero nunca se hará viejo en tu bolsillo —la oí decir cuando ya me alejaba de la casa.

Teníamos un pequeño jardín, un patio, un estanque y una zona de césped cercada por un seto. El garaje estaba en un lado del jardín, y cerca de la puerta que da acceso a la calle un pasillo de cemento, que servía para estacionamiento de bicicletas y de mi moto.

Yo tenía que girar en redondo e ir hacia atrás para llegar hasta un camino particular que me acortaba la salida del pueblo. Al otro lado del camino había un enorme campo sembrado de remolacha y de maíz.

Nuestra casa era de reciente construcción y estaba adosada a otras cinco. La nuestra era la tercera, empezando por la derecha. Todas tenían un amplio salón-comedor con dos puertas, una que daba a una pequeña cocina y la otra al vestíbulo y a una escalera que conducía al primer piso. Allí estaba el cuarto de baño y las habitaciones de mis padres, de mi hermana Lou y de mi hermana mayor Joanna, o Jo, más familiarmente. Mi cuarto estaba frente al de mis padres. Las casas eran pequeñas, pero muy acogedoras.

Nuestra urbanización no era muy grande. Me imagino que habría como unas setenta casas, además de una carnicería, una lavandería y una tienducha que vendía de todo. La urbanización estaba situada entre dos pueblos: East Bergholt, aldea muy conocida por el famoso artista John Constable, y Brantham, pueblecito de poco renombre, pero muy querido por mí por haber vivido allí once años y por guardar los más felices recuerdos de mi infancia.

Monté en mi moto, atravesé la urbanización como todos los días y salí a la carretera que lleva a Ipswich. La carretera era buena y la distancia sólo de catorce kilómetros, pero para cuando llegué a Ipswich, donde estaba mi escuela, el frío de la mañana ya me había atravesado los huesos.

Dejé mi moto en un aparcamiento cubierto y entré en la escuela. Puse mi casco y mis guantes en mi casillero y me fui al bar a tomar un café para reanimarme.

No me gustaba mucho la escuela, pero necesitaba urgentemente el título de mecánico. Lo que sí me gustaba era la parte práctica de mi oficio: montar motores, desmontarlos, detectar las averías, repararlas... Eso me entusiasmaba. La teoría me aburría. El mejor momento de la semana era, sin duda, el viernes al mediodía cuando recibía mi sueldo. Aquel viernes firmé la que sería mi última nómina y me fui a la taberna cercana a comer. Nada más atravesar la puerta vi a dos chicos jugando al billar con los que intercambié algunos chistes. Pedí la comida: un platazo de patatas fritas y un jarro de cerveza. Durante la semana frecuentaba el establecimiento para beber y jugar al billar. Como formaba parte del equipo de billar del bar de mi urbanización, debía mantenerme en forma.

Nada más terminar de comer regresé a la escuela para asistir a las clases de la tarde. Siempre me había parecido que las clases de la tarde eran mucho más largas que las de la mañana. A menudo dejaba la última clase para ir a visitar a Kate, mi novia, un año menor que yo y que estaba terminando el bachillerato. Hacía cuatro años que nos conocíamos. Todavía me acuerdo de la primera vez que empezamos a salir juntos. Yo estaba en segundo y ella en primero. Estaba yo sentado en un banco cuando Sally, la amiga de Kate, se me acercó y de repente me dijo:

—¿Te gustaría salir con Kate?

—¿Quién es Kate? —le pregunté.

—Kate Chorley, aquella muchacha que está allí sentada.

Me di la vuelta, la miré y dije:

—Me encantaría.

Minutos después Kate se sentaba a mi lado y hacíamos manitas.

Fue un flechazo.

—Bien —le dije—, siento dejarte, pero tengo una cita urgente con el dentista.

—Bien —me dijo—, te veré mañana.

Éste fue el principio de lo que iba a ser una larga amistad. Una amistad tan grande que la gente, si alguna vez nos veía solo a uno de los dos, preguntaba por el otro. Casi siempre estábamos juntos y solamente nos separaba la escuela y el sueño. Naturalmente algunas veces tuvimos nuestras diferencias, pero siempre volvíamos a nuestra jurada eterna amistad.

Aquella tarde decidí dejar la última clase y me fui a mi casillero a recoger mi casco y mis guantes. Caminé unos metros hasta el estacionamiento de motos y, al torcer la esquina, me encontré con mi amigo Kim.

—¡Hola, colega! ¿Te vas para casa?

—Sí; estoy harto de clases y he pensado marcharme antes —le contesté.

—Oye, ¿no te importa llevarme en la moto? —me suplicó—. He quedado con Jane en mi casa para ir a una discoteca esta noche.

—Encantado de llevarte, Kim —mi amigo corrió a su casillero para retirar su casco. Mientras tanto me coloqué el mío y mis guantes y puse la moto en marcha.

—Vamos, Kim —le dije—; me parece que nos estamos jugando el aprobado.

—Y eso qué importa —me respondió.

2 *No siento mis piernas*

SALÍ por el portón de la escuela y descendí hacia una plazoleta junto a la carretera. Allí, tras girar a la derecha, pasamos junto a unos enormes muelles de carga. Un fuerte olor a maíz quemado llenó nuestros pulmones cuando pasamos por delante de una fábrica de cerveza. Entonces torcimos a la izquierda, atravesamos un pequeño puente y nos vimos fuera del pueblo. Al pasar junto a las últimas tienduchas que se asomaban a la carretera le dije a Kim:

—Te apuesto lo que quieras que no llegamos a casa sin mojarnos.

Pasamos una gasolinera y enseguida nos vimos al pie de una larga cuesta. Mi moto no era demasiado potente, así que tuve que cambiar de marcha varias veces. Al llegar a la cima, las primeras gotas de una fina lluvia empezaron a caer. Seguí, pero la lluvia empezó a arreciar. Había una parada de autobús a unos ochenta metros y pensé pararme hasta que pasara el aguacero, pero cambié de idea, ya que estaba calado hasta los huesos. Mi pobre moto con dos pasajeros encima no podía pasar de cuarenta. La lluvia golpeaba con fuerza mi rostro. Esto me obligó a bajar la cabeza y a mirar de reojo el borde de la carretera. De esta forma evitaba que la lluvia impidiera totalmente mi visión, aunque de vez en cuando tenía que levantar la mirada para asegurarme de que nada ni nadie venía de frente. Ya había hecho seis kilómetros cuando recordé que me acercaba a una curva muy pronunciada. Al ver las señales de tráfico alcé la cabeza y me aparté del bordillo, que cada vez estaba más resbaladizo. Superada la curva, la carretera mejoró. Era más ancha y se podía adelantar con mayor facilidad, aunque tenía peligrosos cambios de rasante. Ya habíamos alcanzado el trozo de carretera recientemente reparado cuando un enorme camión de mudanzas pasó junto a nosotros. Sentimos que una cortina de agua nos inundaba y nos calaba hasta los huesos. Maldije al camionero. Empezamos a descender y a gozar de una cierta calma, pero la lluvia no cesaba y tuve que agachar la cabeza una vez más. Ya estábamos dejando atrás el trozo de carretera arreglado cuando pensé que debía mirar al frente. Entonces vi que había una enorme sombra delante de mí. Me di cuenta del peligro y en décimas de segundo intenté desacelerar la moto, usar los frenos y echar el cuerpo hacia atrás. Simultáneamente un chirrido llenó mis oídos y sentí como si hubiera realizado el más difícil salto mortal de mi vida. A los pocos minutos recobré el conocimiento y vi que algo enorme me protegía de la lluvia. Enseguida me di cuenta de que estaba debajo de un gran camión. Y pensé: «Tengo que moverme antes de que el camión se ponga en marcha». Intenté sentarme, pero no pude. Sabía, por otro accidente que tuve, que estaba bajo una fuerte conmoción, así que decidí relajarme. En ese momento empecé a oír voces. Reconocí la de mi amigo Kim y oí otra voz desconocida que me decía:

—¿Estáis bien, muchachos?

—Yo creo que sí —contestó Kim—, pero no sé cómo está mi compañero. Creo que todavía está debajo del camión.

Después oí pisadas que se acercaban. Al sentirlas cerca intenté incorporarme, pero en vano. Escuche la misma voz desconocida que decía:

—¡Dios mío, no te muevas! Voy por una manta a la cabina —entonces el hombre de la voz desconocida le dijo a su compañero—: Corre a la cabina de teléfonos y pide una ambulancia.

«¿Ambulancia? Para qué quiero yo una ambulancia? Estaré bien dentro de un minuto», pensé para mis adentros.

Kim se inclinó sobre mí y me dijo:

—¿Estás bien, Andy?

—Sí, estoy estupendamente —le respondí.

En ese momento me di cuenta de que no sentía las piernas.

—Kim, no siento las piernas. Quiero moverlas pero no me obedecen.

Me di cuenta de que la voz desconocida era del camionero y le volví a oír:

—Creo que lo mejor es sacarlo de ahí, y colocarle sobre esta manta. Levantémosle con cuidado. Así, cuidado con sus piernas. Está enganchada en un eje. Así, colega, así vas a estar bien enseguida.

Me colocaron sobre la manta y me quedé mirando hacia un cielo triste y lóbrego.

—Kim... —incluso hablar me costaba muchísimo.

—Dime.

—Quítame el casco, por favor. Me siento mareado. No puedo respirar.

—No sé si debo hacerlo, Andy —me contestó.

—Quítamelo, por favor, que me oprime el cerebro.

Kim soltó la hebilla del casco y lo sacó de mi cabeza con cuidado. Me sentí relajado. Soplaba una suave brisa y unas cuantas gotas de agua caían todavía sobre mi rostro. Oí otra voz diferente y un hombre se inclinó sobre mí para decirme:

—¡Hola! Soy médico. ¿Cómo te encuentras?

—No me puedo mover, siento algo de dolor en los brazos —contesté.

—Sí, tienes dos profundos rasguños en los brazos. No te preocupes. Estás bien.

El doctor se levantó y se alejó un poco. Yo sólo oía a un grupo de gente hablando y el paso de algunos coches a poca velocidad. Entonces oí la sirena de una ambulancia y pensé para mis adentros: «Si salgo del hospital hoy, no sé si tendré tiempo de ir a casa de mi novia esta noche».

La ambulancia se paró junto a nosotros. Un hombre con visera y chaqueta azul se inclinó sobre mí.

—Estupendo, chico. ¿Cómo te llamas?

—Andy —respondí.

—Bien, Andy, tus amigos me dicen que no te puedes mover.

—No, no siento nada, excepto algo de dolor en los brazos —le contesté.

—Muy bien; vamos a colocarte con cuidado en esta camilla y llevarte al hospital.

Me pusieron en la camilla y me deslizaron dentro de la ambulancia. Al mirar hacia arriba, el triste y lóbrego cielo fue reemplazado por una intensa luz que brillaba a ráfagas. El hombre de la visera azul se sentó a mi izquierda y sentí que alguien más subía a la ambulancia.

—Kim, ¿eres tú?

—Sí, Andy. Pensé que debía acompañarte —me contestó.

Yo debía estar delirando, pues insistía en preguntar dónde estaba mi novia y por qué no estaba allí. La ambulancia iba muy rápida. Oí al conductor decir: «Mejor tomar la carretera junto al bingo y subir la Cuesta de los Franciscanos para evitar el tráfico de estas horas». Me daba cuenta de la urgencia en que estábamos metidos. De repente el conductor dio un bocinazo y gritó:

—Imbécil, estúpida. Jack, tenías que haber visto a esa mujer pararse delante de mí.

Yo pregunté dónde estábamos cuando la ambulancia frenó, se abrieron rápidamente las puertas traseras y colocaron mi camilla sobre un carrito. Sentí la caricia de una suave brisa y cuando miré al cielo me di cuenta de que la lluvia había cesado. La visión del firmamento duró poco y fue reemplazada por luces deslumbrantes, por luces fluorescentes. Me metieron en el hospital, me llevaron a una pequeña habitación y aislaron mi cama con una cortina azul clara. Allí permanecí tumbado y cerré los ojos para darles un descanso. Al poco rato sentí que alguien corría la cortina y pasos cerca de mi cama.

—¡Hola! Soy el doctor.

Era un médico alto, joven y de color. Vestía chaqueta blanca y de su bolsillo pendía un estetoscopio.

—Vamos a examinarte. Por favor, enfermera, desnúdele. Posiblemente tendrá que cortar la cazadora y los pantalones.

—Y ¿qué me voy a poner cuando deje el hospital? —pregunté tímidamente.

—No te preocupes; tu madre te traerá otro traje.

Una joven enfermera se inclinó sobre mi cuerpo derrotado y empezó a cortar mi chaqueta y mis pantalones hasta que mis brazos y mis piernas quedaron al descubierto.

—Muy bien; dime lo que sientes cuando te toque. ¿Sientes algo aquí?

Yo estaba tumbado y deseando sentir el contacto de su mano sobre mi cuerpo.

—¿Sientes algo ahora?

—No —le respondí.

El doctor siguió golpeando suavemente mi cuerpo hasta que llegó al pecho y sentí un agudo pinchazo.

—Ahí me duele, doctor —le aclaré.

—Bien —dijo lacónicamente, y sólo entonces me di cuenta de que me había estado pinchando con un alfiler—. Ahora quiero que te hagan unas radiografías para ver la gravedad del accidente.

Me cubrieron con una manta, me sacaron de la habitación y me condujeron por un largo pasillo. Al final del corredor sentí voces que me saludaban y un fuerte olor a tabaco. Sabía que estaba cerca de la sala de urgencias y de la sala de espera de rayos X.

—Métanlo inmediatamente —ordenó alguien.

Los ayudantes movieron aquellas grandes máquinas auscultadoras alrededor de mi cuerpo.

—Bien; quédate quieto mientras te saco las radiografías.

«Es lo único que puedo hacer», pensé para mis adentros. Seguían tomando placas de mi cuello, cabeza y de cada parte de mi cuerpo. Al sacarme de la sala de rayos X vi un rostro entrañable y grité:

—¡Mamá!

—¿Estás bien, querido? —me preguntó.

—Sí, estoy bien, pero no siento las piernas —le contesté.

Mi padre estaba junto a mi madre. El enfermero que me trasladaba dijo a mis padres:

—Lo siento, señores, pero tengo que llevarlo a su habitación.

Los rostros de mis padres habían desaparecido y yo empecé a sospechar lo serio de mi situación. Mientras tanto el doctor había invitado a mis padres a entrar en su despacho.

—Por favor, siéntense. Su hijo tiene lesionada la espina dorsal. No creo que su estado sea grave. Confío que esté bien en unas semanas. Sin embargo, quisiera que fuera examinado por un especialista.

—Hola —me saludó el médico de color, y junto a él había otro médico, un hombre de baja estatura y pelo canoso, que empezó a repetir la misma rutina y a recibir las mismas contestaciones.

—Muy bien, y muchas gracias —me dijo, y se fue.

Después de irse de mi lado invitó a mis padres a hablar con él en su oficina. Sin ofrecerles asiento, él se sentó cómodamente.

—He examinado las radiografías de su hijo y tengo que decirles que tiene el cuello roto. El chico nunca volverá a andar.

Recuerdo que mi madre me contaba meses más tarde que miró a mi padre, quien, afectado por la noticia, tuvo que apoyarse contra la pared.

—¿Está usted seguro, doctor? —se atrevió a musitar mi padre.

—Sí, y sigan ustedes comprando esas peligrosas máquinas a sus hijos —sentenció el médico, que siempre me pareció hombre de pocos amigos.

Mi madre se apoyó en el brazo de mi padre.

—No te preocupes, querido, habrá alguna solución —le animó, y sus ojos se inundaron de lágrimas.

Antes de salir de su despacho, el doctor dijo a mi padre:

—Voy a intentar que lleven a su hijo en helicóptero a Stoke Mandeville dentro de un par de días. Esa ciudad tiene una de las mejores unidades para el tratamiento de columna —y sin más el doctor dejó plantados a mis padres en su despacho.

Mientras tanto ya me habían trasladado a una sala. Allí me colocaron un collarín debajo de la barbilla para inmovilizar mi cabeza. El collarín no me impedía hablar. Oí pasos acercándose a mi cama y vi a mis padres inclinados sobre mí. Noté sus ojos húmedos y me imaginé que habían llorado.

—¿Cómo te sientes, cariño? —me preguntó mi madre.

Yo les di la misma contestación que oyeron en la sala de urgencias:

—No siento mis piernas, mamá —creo que repetí esta contestación muchísimas veces en aquellos primeros días.

—No te preocupes, hijo. Te pondrás bien —me aseguró mi padre—. Todavía estás bajo los efectos del golpe.

Se quedaron conmigo largo rato preguntándome cómo había ocurrido todo y tratando de consolarme. Se dieron cuenta de que cada vez hablaba con mayor dificultad y decidieron irse a casa a cuidar de Lou y regresar al día siguiente.

La noche se me hizo eterna. Me entretuve mirando fijamente los reflejos de la luz que desprendía la lámpara de mi mesilla, pero tan pronto como cerraba los ojos sentía un dolor insoportable en los brazos. Tuve que llamar a la enfermera.

—Me duelen mucho los brazos —le dije.

—Siento no poder ayudarte. Es imposible levantarte y darte una pastilla.

Decidí aguantar el dolor y pensar en otras cosas: que estaba sacando de paseo a Kas, el perro de Kate, o jugando con mi novia en el jardín.

Pasó la hora del desayuno y de la comida y no se me ofreció ni un bocado. Llevaba un día completo sin comer. Lo gracioso era que no sentía apetito. Sonó el timbre y sentí gente que se acercaba. Oí la voz familiar de mi madre, mi padre, mi hermano Bruce y su mujer Jackie, y al minuto estaban alrededor de mi cama.

—¡Hola, Andy! ¿Cómo te sientes?

—Estupendamente, salvo el dolor constante de mis brazos —les contesté.

Hubo un largo silencio y me dijeron que había alguien más que quería verme. Se despidieron todos y prometieron volver al día siguiente. Bruce y Jackie habían venido desde Newmarket. «¡Qué hermanos más formidables tengo», pensé. Entonces sentí los pasos tímidos de una persona.

—Hola, querida —era Kate. Se inclinó sobre mí y me besó.

—No te preocupes, Andy, pronto saldrás de aquí.

Pero su rostro estaba ensombrecido por la preocupación y hablaba para no echarse a llorar.

Kate levantó la sábana para estrechar mi mano. No sé si lo consiguió, porque yo no sentí ningún contacto. Su rostro dibujó una leve sonrisa y advertí que su contacto con mi mano la había reconfortado. Me di cuenta de que Kate escogía cuidadosamente las palabras. Me dijo que vendría todos los días y que me curaría pronto. Quise creer lo que me decía y la miré fijamente. Kate era bonita, con ojos grandes, pelo corto castaño claro y un cutis precioso. Lucía un gracioso lunar en su mejilla derecha junto a la boca. No era muy alta, pero sí muy bien parecida. Viéndola tan cerca de mí no pude contener mi emoción y tuve que esforzarme para no llorar.

Charlamos un buen rato hasta que mi padres regresaron para agotar los últimos diez minutos de visita. Yo sé que tuve más visitas aquella noche, pero en aquellos primeros días parecía navegar en el profundo mar del inconsciente. Después de estas visitas me esperaba una noche de insomnio. El día siguiente me trajo muchos más visitantes. Estuvieron mis padres, mi hermano y su mujer, mis dos hermanas casadas y sus maridos, mi hermana Jo con su novio, Tim. También estuvo mi compañero de accidente, Kim, y su novia, Jane. Por la tarde llegó mi amigo Brynley y finalmente Kate. Siempre había cuatro o cinco visitantes alrededor de mi cama. Me encantaban las visitas, pero al final terminaba muy cansado. Recuerdo cómo mis padres y Kate volvían otra vez por la noche. Ellos fueron los que me comunicaron que al día siguiente me iban a trasladar al hospital de Stoke Mandeville.

Tenía miedo de abandonar el hospital de Ipswich, a mi familia y amigos, aunque me empezaba a dar cuenta de mi desesperada situación.

—¿Está lejos Stoke Mandeville? ¿Vendréis a verme todos los días? —les pregunté.

Mi padres y Kate me dijeron que sí.

La contestación a la primera parte de mi pregunta no la supe hasta muchos meses más tarde.

Recuerdo lo que le dijo la enfermera a Kate:

—Si tu novio no va a Stoke Mandeville, no le veréis más.

Aquellos tres días en Ipswich se me hicieron larguísimos. Los pasé en total inmovilidad y bajo constante observación.

Era un lunes por la mañana el día que iba a dejar el hospital. Me visitó un policía de tráfico para completar su información del accidente.

Vino a visitarme mi tía Mary, que trabaja de enfermera. Su visita fue corta, pero me aseguró que pronto estaría bien. Llegó mi padre, que intentó animarme diciéndome que pocos tenían la oportunidad de volar en helicóptero.

Mi padre vino a visitarme con la esperanza de que le permitieran volar conmigo, mientras que mi madre iría en coche gracias a la generosidad de Jeff, un amigo de mi padre. La mañana avanzaba lentamente, pero finalmente una enfermera nos anunció que el helicóptero se retrasaba debido a una densa niebla. La llegada del aparato estaba anunciada para las once. Pero un nuevo aviso nos comunicó su retraso de una hora. El tiempo pasaba lentamente y yo podía ver el estado de preocupación de la gente que me rodeaba. Un chico me ofreció un cigarrillo. Aunque era un empedernido fumador desde los doce años, algo me impulsó a rechazarlo.

—Gracias; pienso que es mejor no fumar.

El chico sonrió y se alejó de mi cama. En ese mismo momento oímos el ruido ensordecedor de un helicóptero volando sobre el hospital.

Mi padre me preguntó dónde iba a aterrizar.

—Hay una escuela al otro lado de la calle, y aterrizará en el patio —dijo alguien.

A los pocos minutos dos hombres entraron en la sala. La enfermera les preguntó si mi padre podía viajar conmigo.

—Naturalmente que sí —replicó el oficial, e inmediatamente mi padre llamó por teléfono a mi madre.

Los pilotos me colocaron en un carrito.

—Estupendamente, muchacho, vamos a sujetarte a la camilla. No tienes que preocuparte. Queremos que tu cuerpo quede totalmente inmovilizado.

En unos minutos quedé totalmente empaquetado; sólo mis ojos y mi boca estaban libres. Mi padre se inclinó sobre mí.

—No te preocupes, Andy, yo estaré a tu lado.

Me sacaron de la sala y me acercaron a la puerta donde estaba la ambulancia.

Del hospital me llevaron a la escuela. Pude oír cientos de voces infantiles gritando y riendo mientras me transportaban al helicóptero. Dos o tres personas subieron al aparato. Mi padre era uno de ellos.

—Muy bien, señor Tricker; si se sienta allí estará en su sitio.

«Una voz de mujer», pensé cuando una chica joven se inclinó sobre mí.

—Vamos a sujetar la camilla antes de despegar, así no sentirás nada.

Entonces se oyó el trepidar del motor y el sonido de las aspas que empezaban a girar enloquecidas. La señorita tenía razón: no sentí el despegue, solamente una corriente de aire que se colaba por una puerta abierta. Yo pensaba qué pasaría si mis cinturones se rompieran; seguro que saldría despedido por las puertas.

El vuelo fue breve. Mi padre me aseguró que habíamos volado

durante cuarenta y cinco minutos. Cuando pienso que mi madre tardó algo más de tres horas en coche, bendigo el progreso de la técnica.

El aterrizaje fue muy suave. Me di cuenta de que estábamos en tierra cuando cesó el ruido de las aspas. Entonces me libraron de los cinturones, me levantaron cuidadosamente y me colocaron sobre una camilla con ruedas.

3 *Bienvenido a Stoke Mandeville*

UNA señora mayor, muy bien peinada y con acento escocés, se inclinó sobre mí y me dijo:

—¡Bienvenido a Stoke Mandeville!

Yo pensé: «Qué mujer tan tonta; cualquiera que la oiga pensará que acabo de llegar a un campamento de verano». Me llevaron por un sendero hasta las puertas del hospital. En el corto trayecto sentí el alivio de ráfagas de aire templado.

El enfermero que conducía mi coche-camilla me dijo:

—Estamos pasando por la piscina climatizada. Dentro de algunas semanas vendrás aquí a bañarte.

Desde mi inmovilidad yo sólo veía el techo cubierto de plaquetas de escayola y luces cuyo resplandor quedaba tamizado por cristales semiopacos. Me siguieron llevando de corredor en corredor, una vez a la derecha y otras a la izquierda. El hospital debía de ser enorme, un auténtico laberinto.

Por fin se pararon y me metieron en mi nueva sala, al tiempo que era saludado con voces, música y risas desde un televisor.

Una vez en mi cama me liberaron de cinturones, mantas y demás protecciones. Me sentí libre, como el pájaro al que liberan de su jaula dorada. Una enfermera se inclinó sobre mí. Tenía un precioso pelo rojizo, llevaba gafas y tendría unos veintitantos años.

—¡Hola! Me llamo Shilton y soy la enfermera jefe de planta. Vamos a liberarte de tu camilla y a colocarte en tu cama definitiva.

Llamó a tres hombres que se colocaron al lado de mi camilla; la jefa sostuvo mi cabeza y los enfermeros deslizaron sus brazos debajo de mi cuerpo.

—Bien, contemos tres y arriba con él —me levantaron en el aire con cuidado—. Retirad la camilla. Ahora dejémosle sobre la cama.

Los pocos segundos que estuve suspendido en sus brazos me produjeron una gran relajación; aunque ignoraba dónde estaba, tenía que respirar fuerte para no desmayarme.

—¡Hola! Soy el doctor Silver y éste el doctor Bash —el doctor Silver era un hombre de mediana estatura y calvo, mientras que el otro doctor era alto, fuerte y de color—. Veamos lo que tienes —dijo el doctor Silver.

Usaron de nuevo el alfiler con los mismos resultados negativos, excepto cuando llegaron a mi pecho. Me empezaron a golpear con un martillito en varias partes: rodillas, caderas, piernas... Cuando me golpearon los brazos, les avisé del dolor que sentía.

—Está bien —me dijeron—; está muy bien.

Me tomaron la presión sanguínea. Después me cubrieron y desaparecieron detrás de una cortina. Mi cuerpo solo y abandonado yacía inmóvil sobre mi lecho.

Miré fijamente al techo, que se me imaginaba como una enorme mancha. Alguien corrió la cortina y apareció el doctor Silver de nuevo.

—Vamos a colocarte un compás de tracción craneal. No tiene importancia. Las pinzas son para mantener tu cuello recto y aliviar el peso de tu cabeza. Así la cura será más rápida.

Después me llevaron al quirófano. Me dieron anestesia local, me afeitaron el pelo de las sienes y me cortaron un trocito de piel a ambos lados de la cabeza. A continuación utilizaron un pequeño barreno para horadar ambas sienes y así poder ajustar el compás de tracción. Todo esto me lo contaron cuando regresé a la sala.

El compás estaba unido a una cuerda que se deslizaba por una polea sujeta al pie de la cama. Varias pesas pendían del final de la cuerda. Pensé que me tenía que parecer a un monstruo con toda clase de tornillos saliendo de mi cabeza. Mientras tanto mis padres estaban en el bar del hospital, y cuando iban a volver a entrar en mi sala, la enfermera Shilton los invitó a pasar a su oficina.

—Siéntense, por favor —les dijo—. Ahora verán a Andy con un compás de tracción sujeto en la cabeza. No es algo tan horrible como parece. Su función es ayudar a curar el cuello de su hijo, pero para alguien que nunca ha visto el aparato, éste le da miedo. Por favor, disimúlenlo cuando entren a ver a Andy.

Entraron mis padres. Mi madre intentó sonreír, aunque me di

cuenta de que no tenía deseo alguno de hacerlo. Acercaron dos sillas y con palabras cariñosas intentaron levantar mi ánimo decaído. Mientras me hablaban apareció otra vez el doctor Silver.

—Me imagino que ustedes son los señores Tricker. ¿Quieren pasar a mi despacho unos momentos?

Mi padres se levantaron y entraron en el despacho del médico. Éste cerró la puerta para que yo no oyera la conversación. Meses más tarde mi madre me contó la entrevista.

—Siéntense, por favor. Andy ha tenido un accidente muy grave y tiene dañadas seis vértebras. No podemos darles ningún diagnóstico de momento. Sólo advertirles que su hijo puede morir en cualquier momento dentro de las dos próximas semanas. Ahora ustedes se pueden quedar en el hostal situado al otro lado de la carretera o pueden designar a alguien que los reemplace.

La noticia de mi posible muerte jamás les había pasado por la mente. El golpe los dejó hundidos. Además, no se podían quedar en el hostal porque tenían que cuidar de Lou. Decidieron viajar todos los días al hospital.

Mis padres volvieron a sus asientos junto a mi cama y empezaron a hablar. Les pregunté lo que les había dicho el doctor.

—Bueno, nos ha dicho que tienes herido el cuello y ésa es la razón por la que te han colocado esos instrumentos en la cabeza.

Recuerdo que mis padres permanecieron charlando conmigo durante un buen rato. Ya avanzada la tarde, mi padre decidió regresar a casa con la promesa de volver al día siguiente. Al despedirse mis ojos se llenaron de lágrimas, pero tuve que apretar los dientes para no llorar. Mi madre se inclinó y me besó. Mi padre me estrechó la mano. Al decirme adiós me di cuenta de que sus ojos estaban inundados de lágrimas.

Aunque había más gente en la enfermería, solamente yo estaba aislado y esto me permitió llorar sin ningún tipo de inhibición. «¡Dios mío, ayúdame! —grité interiormente con toda mi alma—. ¡Por favor, sáname!»

Me encontraba totalmente inmovilizado sobre mi cama. De tiempo en tiempo una enfermera venía a visitarme; así, en medio de esta monotonía llegó la noche. Me las arreglé para dormir un poco, pero mi corto sueño fue interrumpido varias veces por una enfermera con su carrito de medicinas. Me di cuenta de que las mañanas en el hospital amanecen antes.

Un enfermero vino a mi cama y me dijo:

—¡A lavarse!

—Lo siento, señor.

—¿Quiere que le lave la cara y las manos?

«¡Cielos, verte obligado a que alguien te lave la cara y las manos!», pero antes de que me diera tiempo de decir sí o no, el enfermero humedeció un paño y empezó a lavarme. Después cogió un cepillo de dientes.

—¿Cómo voy a escupir la pasta? —le pregunté.

—Cuando limpie tus dientes escupe en esta palangana. Absorbe agua a través de esta paja y escúpela.

Era humillante que alguien tuviera que hacer estas cosas tan vitales por ti. Esto me desmoralizaba.

Llegó la hora del desayuno, pero nadie se acordó de mí. Todos los enfermos estaban despiertos. Era la hora en que todas las radios empezaban a funcionar y a llenar de música, noticias y anuncios la sala.

Terminado el desayuno, era la hora del baño. Me quitaron las sábanas y mi cuerpo desnudo quedó listo para el baño: me lavaron desde el pecho hasta los dedos de los pies. Si lavarme la cara me produjo vergüenza, lavarme el resto del cuerpo me causó desesperación. Después del baño me levantaron en el aire y colocaron almohadones inflables debajo de mi cuerpo para evitar que se me produjeran heridas. La ceremonia del baño iba a ser parte de mi diaria rutina. Una vez lavado y hecho el cambio de sábanas, el equipo de enfermeros pasaba al siguiente enfermo. Otra vez inmovilizado, escuchaba las voces y ruidos que llenaban la sala. A mitad de la mañana oí la voz de mis padres:

—¡Andy! ¿Cómo te encuentras hoy?

—Hola, mamá. ¿Qué hora es? —les pregunté.

—Son las doce pasadas. Dime, querido, ¿cómo te encuentras hoy? —insistió mi madre.

—Pasable —les contesté.

—Jo, Tim, Lou y todos los demás te envían recuerdos.

Acercaron unas sillas y me contaron lo que la gente estaba haciendo por ellos:

—Chris y Terry van a cuidar de Lou hasta que nosotros volvamos al anochecer. Además, Chris ha cocinado y hecho las compras para dejarnos libres.

Nuestra conversación fue interrumpida por las enfermeras que de tiempo en tiempo venían a moverme. Mi cama podía servir de entrenamiento al hombre del espacio. Bastaba presionar un botón para inclinarla en diversos ángulos. Cada dos horas me cambiaban de postura. Querían verme libre de posibles heridas. «Porque hay heridas que no cicatrizan y pueden causarte la muerte», me decían. Sólo aguantaba tres posturas: sobre las espaldas, lo que me permitía escudriñar el techo en todos sus detalles; sobre cualquiera de mis costados, y entonces tenía que aguantar las molestias de sentir el collarín perforando mi barbilla. Cuando el collarín la rozaba, el dolor se me hacía insoportable. La única ventaja de descansar sobre el costado izquierdo era la contemplación de la sala. Había camas a lo largo de la sala y un televisor para todos los enfermos. Desde donde yo estaba, sólo podía adivinar los colores.

Tenía la boca reseca y pedí a mi madre que consiguiera del doctor el permiso para beber algo.

—Yo iré —se ofreció mi padre.

Se levantó de la silla y salió en busca del doctor.

Mi madre siguió la conversación y le pregunté cuándo iba a venir Kate a verme.

—Bien; el doctor cree que es mejor que no tengas muchas visitas estos días. No quiere que te canses.

No quise discutir; por eso no insistí.

Un nuevo rostro se acercó a mi cama: era una enfermera de pelo rubio rizado, ojos azules y que me estaba sonriendo.

—¡Hola! Me llamo Jane. Voy a ser tu fisioterapeuta.

Ella no iba sólo a ser mi fisioterapeuta, sino mi consuelo en mis horas bajas, mi gran motivación para hacer posible lo imposible. Fue la persona a la que confié mi gran temor: mi futuro.

—¿Te importa si te reconozco? —me preguntó.

—Claro que no —le respondí.

Mi madre preguntó si debía irse.

—No, no hace falta.

La enfermera empezó con mis brazos, ejercitando las articulaciones del hombro y luego las del codo, y pidiéndome que intentase hacerlo por mí mismo. Los brazos me dolían muchísimo y no podía levantarlos de las sábanas. Después dobló hacia arriba y hacia abajo mis muñecas y cada uno de mis dedos.

—Tenemos que mantener la movilidad de tus miembros y articulaciones por varias razones: una, para que tus músculos y articulaciones se mantengan ágiles; otra, para que los masajes mantengan tus nervios vivos y recuerden al cerebro su misión. Si tuvieses la médula seccionada, los masajes no te servirán de nada, pero hay que intentarlo todo.

Cuando la enfermera terminó con mis brazos, empezó a flexionar mis piernas doblando las articulaciones de la rodilla y de la cadera. Después ejercitó mis tobillos y, finalmente, los dedos de los pies. Cuando terminó, me tapó las piernas y se despidió hasta el día siguiente. La visita de esta enfermera nos había animado a los tres: a mis padres y a mí.

—¿Te sientes mejor, Andy? —me preguntaron mis padres a la vez.

—Sí, me siento mejor, y creo que este lugar me va a ayudar a curarme.

Mi padre me dijo que el doctor me permitía beber un poco de agua. Éstas fueron las dos mejores cosas que me habían sucedido a lo largo del día: la visita de la fisioterapeuta y el permiso para beber agua.

Mis padres tenían que irse, y a pesar de que estaba contento, me sentí muy solo cuando se marcharon.

Podía oír hablar a un grupo de gente hacia el fondo de la sala, y cuando me colocaron de costado, pude ver dos largas mesas donde la gente que estaba en sillas de ruedas esperaba que se les sirviera la cena. Al tiempo que los contemplaba, pensaba: «Cuando me dejen levantarme de la cama, no necesitaré silla de ruedas; mis piernas empezarán a moverse dentro de nada». Luego me pregunté cuándo me iban a permitir comer de nuevo.

Confiaba que sería muy pronto.

Se acercó una enfermera a mi cama. Me saludó y me dijo que su nombre era Ann. Tendría unos cuarenta años, pelo castaño y me recordaba un poco a mi madre. Era más fuerte que ella, pero ambas podían competir en dulzura y serenidad. Me preguntó de dónde venía, qué estudiaba, qué música prefería. Era muy agradable hablar con ella, pero cuando el carrito de la comida llegó, se tuvo que ir. Uno de sus cometidos era servir la comida y dar de comer a los que no podían mover los brazos.

De nuevo solo, volví al mundo de mis imaginaciones cerrando los ojos y pensando qué podría estar haciendo en casa a estas horas: estaría de regreso de mi trabajo, ya habría cenado, me habría bañado, vestido de calle y habría ido a La Grange.

Era un lugar de esparcimiento, muy cerca de donde yo vivía. Solía ir allí a jugar al billar. Era un club elegante donde todos los amigos nos reuníamos. Allí jugábamos y bebíamos. Me solía retirar temprano de este club para irme al de la juventud, donde me juntaba con Kate y otro grupo de amigos. No puedo decir que yo fuera muy popular, pero sí que me llevaba muy bien con todos. Lo que más me gustaba era moverme libremente por el club. Mi madre siempre decía: «Mi hijo viene a casa solamente para las comidas y para dormir». Llevaba esta vida desde muy pequeño. Cuando tenía siete u ocho años mi madre siempre tenía que llamarme media docena de veces para que entrara en casa. Y a partir de los catorce, nunca volví a casa antes de la medianoche. Me encantaba vivir en la calle. No podía aguantar la claustrofobia que me producía la casa.

Del club de la juventud solía ir a casa de Kate, donde tomaba un café y algo para picar. Salía de casa de Kate a las once y media y media hora más tarde ya estaba durmiendo.

Soñando con mi casa y con mi pasado, me quedé profundamente dormido. De repente alguien me tocó el hombro. Era un enfermero.

—Venimos a cambiarte de postura —me dijo.

Los enfermeros eran casi siempre extranjeros y le trataban a uno con cariño. Presionaron un botón de la cama y me pusieron boca arriba. Estaba mirando al techo cuando algo golpeó mi cama.

—Lo siento —oí decir.

Seguro que alguien con su silla de ruedas había chocado involuntariamente con mi cama.

Las noches eran interminables y yo me entretenía escuchando todos los ruidos de la sala. Se oía el ruido desagradable de algunos carraspeos interminables. Se escuchaba el pasar de las hojas de un libro, de una revista. Se entremezclaban las voces de los enfermeros hablando entre sí. Por fin me quedé dormido. Pero cada dos horas, y matemáticamente, los dos enfermeros repetían su operación de cambio de postura.

Llegó la mañana con su rutina: lavado de cara y manos, desayuno, aunque no para mí. Después, el temido baño, el levantarme en el aire para cambiarme de sábanas y ahuecar las almohadas. A las diez, y puntualmente, llegaba la visita de los médicos, doctores Silver y Bash, juntamente con la enfermera Shilton, que, alrededor de mi cama, comentaban mi estado actual. Yo aproveché para pedir algo de comer.

—¿Te vino bien el agua que bebiste ayer? —preguntó el doctor Silver.

Yo le dije que sí.

—Pues entonces puedes tomar algo sólido y ver cómo te sienta.

¡Estupendo! La verdad era que llevaba cuatro días sin comer.

Llegó puntualísima mi fisioterapeuta para ejercitar mis brazos, manos, piernas, pies y dedos de los pies. Cuando Jane terminaba su trabajo, aparecían casi siempre mis padres. Era ya la hora del almuerzo.

Ese día también aparecieron y les di la gran noticia: ya podía comer un poco. Eso les alegró muchísimo.

Me trajeron la comida y tuve la suerte de estar acostado de lado. Un sentimiento de impotencia me derrotó al ver cómo mi madre tenía que partir los alimentos y ponérmelos en la boca. Yo creo que a mi madre también se le hacía muy dura la situación. Al tercer trocito que me puso en la boca nuestros ojos se encontraron y empecé a llorar.

—Mamá, no quiero tomar más. Por favor, Dios mío, ayúdame —grité mientras las lágrimas inundaban mis mejillas.

—Andy, no llores. Las cosas mejorarán —me animó mi madre al tiempo que secaba mis lágrinas.

Intenté serenarme repitiéndome a mí mismo que ya no tenía edad para llorar. Mis padres permanecieron sentados al lado de mi cama toda la tarde; sólo se levantaron para ir al servicio y cuando las enfermeras venían a cambiarme de postura. El tiempo que estuvieron junto a mi cama lo pasaron estrechando mis manos para animarme.

Por la tarde Jane volvió a repetir los ejercicios y masajes de todos los días. Cuando Jane terminaba mi rehabilitación, mis padres volvían a mi lado. Habían pasado las seis cuando mis padres se decidieron a irse para llegar a casa antes de las diez. Éste fue el peor momento del día: saber que me iban a dejar solo y que volvían a un lugar que yo tanto amaba.

4 *Mi infancia*

Los primeros días en Stoke Mandeville fueron pasando lentamente; cada día era una repetición del anterior. Mis padres llegaban y se iban prácticamente a la misma hora. A los ochos días de mi accidente mi apetito era normal, pero odiaba que me dieran de comer como a un bebé.

Jane me había atendido dos veces al día, y al cabo de una semana de tratamiento los brazos me dolían menos y con gran esfuerzo ya los podía mover unos centímetros. Fue el viernes por la tarde cuando mi madre preguntó a la jefa Shilton si podía venir a visitarme Kate. La respuesta fue afirmativa.

No me agradó que mis padres me dejaran solo aquella noche, pero tenía algo bonito en que pensar.

Estaba tumbado sobre un costado cuando vi a Kate entrar en la sala.

—Hola, Andy —me saludó al tiempo que se inclinaba y me besaba. Después se sentó y apretó fuertemente mi mano.

—¿Qué piensas de la pinza gigante de mi cabeza? —le pregunté.

—No me importa, Andy. Si te ayuda a curarte, me da igual tu aspecto —me contestó.

Charlamos y charlamos. Kate me contó cosas de casa, de la gente que me enviaba sus mejores saludos y sus deseos de una rápida mejoría. Me contó lo buena que la gente había sido con ella intentando liberarla del recuerdo de mi accidente. Mis padres acababan de entrar, pero se habían detenido un rato en la cafetería para no romper la intimidad que estábamos viviendo en aquellos momentos Kate y yo. Acercaron las sillas y me preguntaron lo de siempre: cómo me sentía y si había habido alguna novedad en su ausencia. Después de contar lo mío, ellos me hablaron de cómo algunos vecinos les habían dejado conservas en la puerta y se habían ofrecido para lavar y planchar cualquier cosa y así hacerles la vida más fácil. Mis padres me acompañaban durante todo el día, excepto esos momentos en que venían a cambiarme de postura.

El tiempo de la visita se había agotado y mis padres tenían que irse. Me di cuenta de que esta vez me iba a costar mucho más despedirme. Se fueron primero, dejándonos a Kate y a mí solos. Intenté decir: «Por favor, Kate, quédate», pero no pude pronunciar una sola palabra. Kate se puso de pie, se inclinó y me besó.

—Volveré mañana, Andy —quise abrazarla, pero no fue posible.

Kate se dio la vuelta y se fue emocionada. Yo cerré los ojos fuertemente y grité en mi interior: «Dios mío, ¿qué he hecho yo para merecerme todo esto?» Pero no hubo eco a mi pregunta de angustia. Abrí los ojos y me encontré con la monotonía del techo de siempre.

Los días iban desfilando lentamente. A las dos semanas, más y más gente vino a visitarme. Eso fue estupendo, pues esta circunstancia iba a aliviar la constante preocupación de mis padres. Mi padre estaba físicamente agotado por los viajes diarios en coche. Tanto mi madre como mi padre estaban mentalmente agotados por la preocupación de un imprevisto desenlace. Temblaban ante la posibilidad de no verme vivo al día siguiente. Su pelo había encanecido y sus rostros estaban marcados por el insomnio y la preocupación constantes. Muchos meses más tarde mi madre me confesó que de no haber sido por Terry, el amigo de mi padre, éste habría sufrido una grave depresión. Terry iba a visitarlos y siempre encontraba a mi padre mirando fijamente a la pared. Terry le forzaba a salir de casa, a dar largos paseos y a expansionarse. Terry le ayudó a llorar y a exteriorizar todo el dolor que llevaba dentro. Recuerdo que Terry traía a menudo a mis padres en su coche para que mi padre no tuviera que conducir. Tan pronto como permitieron más visitas, mis padres no necesitaban venir a diario. Es increíble los kilómetros que recorrieron en dos semanas.

Mi hermano venía todos los miércoles, mis padres los martes y domingos, y siempre traían a Kate y Lou. Mi hermana Judy, su marido John y sus hijos venían un día, y Jo y su novio Tim, al siguiente. El resto de los días me visitaban amigos del trabajo o del vecindario. Si no hubiera tenido visitas todos los días, creo que no habría resistido mi desgracia.

Jane, la fisioterapeuta, fue mi más íntima confidente. Mientras manipulaba mis miembros la bombardeaba a preguntas: ¿cuándo voy a poder usar mi cuerpo?, ¿es muy grave mi estado?, ¿qué puedo hacer para que funcionen mis miembros?, ¿piensas que algún día podré andar?

Sus respuestas siempre fueron ambiguas. No quería darme falsas esperanzas ni tampoco desmoralizarme. Jane adivinaba a la perfección mi estado de ánimo: sabía si estaba teniendo un día bueno o malo, si tenía ganas de hablar o no, si me importaba que ella estuviera allí o no. Durante las horas de masaje me hablaba de otros pacientes, de su casa, de la casa de sus padres, de su infancia. Me sentía tan a gusto con ella que cuando me pedía que moviera los brazos o las piernas yo lo intentaba hacer más por ella que por mí. Siempre me saludaba con una gran sonrisa, aunque a veces traía sus propios problemas a cuestas. Jane nunca me quiso hacer partícipe de sus dificultades.

El dos de mayo había llegado en helicóptero al Stoke Mandeville; hoy estábamos a tres de junio y seguía inmóvil en mi cama. El largo mes había sido una constante repetición de días iguales; solamente que ahora ya aceptaba los baños y el cambio de postura como algo necesario.

Ya me habían cambiado de sitio en la sala. Esto era señal clara de mi mejoría. La gente que era situada cerca del televisor ya podía levantarse y le faltaba poco para irse a casa. Podías medir tu rehabilitación por el lugar que ocupabas en la enfermería.

Ya me había acostumbrado al constante tirón que ejercían las pesas conectadas al compás de tracción de mi cabeza, aunque todavía no me había acostumbrado al collarín que me oprimía el cuello. Mis brazos habían adquirido más fuerza y ya no tenía que pasar por la vergüenza de pedir a mi madre que me limpiara la nariz.

Aunque mis brazos habían mejorado, mis dedos seguían paralizados y todavía tenían que darme de comer... Hasta que en la mañana del tres de junio, una enfermera vino a verme y me ajustó una especie de correa alrededor de la mano y sujetó un tenedor a la correa. Ensayé el tenedor a la hora de la comida y funcionaba. Aunque todavía necesitaba que alguien me cortara la carne, desde ahora ya podía comer solo.

El hábito de alimentarme a mí mismo se convirtió en la lección más difícil de las siguientes semanas. Mi comida se quedaba totalmente fría, pues tardaba mucho tiempo en llevarme las cosas a la boca. Cuando había guisantes, se caían más en la cama que en mi boca.

Las cosas iban mejorando con el paso del tiempo, pero un día me abatió la idea de tener que comer siempre ayudado por una extraña correa de cuero. Tuve que autoconvencerme de que lo de la correa era sólo temporal y que pronto podría usar mis manos y dedos.

Después de la agitación de las primeras horas de la mañana, cuando todos los enfermos necesitaban las mismas cosas al mismo tiempo, se imponía un silencio obligatorio: el doctor Silver pasaba visita a los enfermos.

En esta hora de quietud una enfermera repartía la correspondencia. Casi siempre la había para mí. Me gustaba recibir cartas y postales para convencerme de que la gente todavía me quería. Durante mis primeras semanas en el hospital creo que Kate gastó un bloc completo de papel, pues diariamente recibía carta suya. La cantidad de temas que trataba en sus cartas todavía me asombra. También recibí casi una carta diaria de Jane, la novia de mi amigo Kim. Me contaba en detalle todo lo que pasaba por el club La Grange.

Al principio tuve que pedir a la gente que me leyera las cartas. Más tarde, si me sacaban los pliegos del sobre, yo mismo me las arreglaba para leerlas. Esto dio un poco de intimidad a mi correspondencia.

También podía utilizar el teléfono y mis padres y Kate me llamaban en días alternos; compartíamos el teléfono portátil con la sala de al lado. El teléfono iba a ser mi única relación con el mundo exterior.

Con el paso del tiempo fui cambiando de lugar en la sala. Las camas vacías eran ocupadas por nuevos casos, todos relacionados con lesiones de la columna vertebral. Le había hecho tantas preguntas a Jane, que me había convertido en un especialista de lesiones de columna.

Según parece, si la sección de médula es total el enfermo se queda paralizado y pierde el sentido del tacto desde el lugar de la lesión hacia abajo; pero si la lesión es parcial, la médula está sólo ligeramente dañada o simplemente bajo el traumatismo del golpe. En este caso hay una gran posibilidad de que pueda recobrar parcial o totalmente las funciones de su cuerpo.

Mi lesión estaba catalogada como C-6, lesión parcial. Me había lesionado seis vértebras de la parte superior de la columna, pero la lesión no era completa; por tanto, eso me dio el convencimiento de la posibilidad de mi total recuperación. Desgraciadamente había otros enfermos en la sala que no compartían mis esperanzas.

5 *Nuevos y viejos amigos*

NO recuerdo bien como ocurrió, pero un día oí que alguien gritaba mi nombre. Pensé que habría otro Andy en la sala. Pero volví a oír mi nombre y grite:

—¿Quién me llama?

—¡Hola! Me llamo Peter y estoy cerca de ti, a dos camas de distancia. Tu madre estuvo hablando con mi esposa ayer, así que se me ocurrió darte una voz para saber cómo te encuentras.

—Pasable, sólo pasable, creo.

Peter siguió hablando en voz alta y me contó cómo, estando en Alemania, le había atropellado un camión rompiéndole la columna. Mientras Peter hablaba intenté averiguar cómo sería el rostro detrás de aquella voz. Me resultaba difícil hablar con una persona a la que no había visto nunca. Seguimos gritando y contándonos nuestros diagnósticos y cómo habían ocurrido nuestros accidentes. Entonces una voz, desde un extremo de la sala, intervino en nuestra conversación.

—Hola, Andy, ¿cuánto llevas aquí?

—¿Quién eres? —le pregunté.

—Me llamo Frank. Llevo en esta sala dos días. Conducía un camión, derrapé en una curva, el camión volcó y me fracturé la columna —Frank continuó charlando; me dijo dónde vivía, aunque por su acento sabía que era londinense—. Vivo en Dagenham, cerca de la gran fábrica Ford.

—Conozco el sitio. Trabajo en el concesionario Ford de mi ciudad —le dije.

Seguimos gritando y conseguí decirle que llevaba en Stoke Mandeville más de un mes. Le pregunté quiénes estaban a ambos lados de su cama.

—A mi izquierda está Kenny; es un joven de Newcastle. A mi derecha, Terry, otro joven que llegó ayer.

Después me enteré de que Kenny viajaba en un camión del ejército que se salió de la carretera. El accidente le produjo una grave lesión de columna a la altura del cuello. Al principio necesitó ayuda mecánica para sobrevivir. Aunque había perdido totalmente la sensibilidad del cuerpo, pude comprobar que conservaba un gran sentido del humor.

Al cabo de unos días también Terry se unió a nuestra diaria tertulia. Entonces me enteré de que su lesión era idéntica a la mía. Regresaba a casa con un amigo cuando su coche derrapó. Cuando recobró el conocimiento, se dio cuenta de que no podía moverse.

Todos en nuestra sala sufrían lesiones de columna y estaban en diferentes grados de rehabilitación. Todos menos uno que se llamaba Keith. Keith nunca quería hablar con nadie; por eso tuve que preguntar a un enfermero qué le pasaba. Entonces me enteré de que un amigo se ofreció a llevarle en su coche desde el bar a su casa. El coche derrapó y dio varias vueltas de campana. Cuando le ingresaron en el hospital los médicos le diagnosticaron rotura de una arteria fundamental, con el agravante de que cuando le operaron el flujo de sangre de la columna vertebral se había reducido tanto que sus piernas quedaron totalmente paralizadas.

Seguíamos a diario la mejoría de cada uno de nosotros e intentábamos siempre darnos ánimos. Cuando hablábamos podíamos deducir por el tono de la voz nuestro estado de euforia o depresión. Con el tiempo empezamos a compartir nuestras visitas. Si yo tenía varias visitas a la vez, como mis padres, Terry y mi cuñado John, y éstos veían que Frank o Kenny estaban solos, se iban a hablar con ellos. Lo mismo pasaba con las visitas de mis amigos: si me veían solo, acercaban una silla, se presentaban y charlaban como si sólo hubieran venido a visitarme a mí. Formábamos una gran familia, una familia que sólo tenía una meta: sobrevivir y algún día salir del hospital por nuestro propio pie.

Kate acabó el curso en junio y entonces pudo visitarme más a menudo: no sólo venía los martes y domingos, sino que aprovechaba cualquier oportunidad para visitarme todos los días. Sin embargo, esto duró poco, pues al cabo de dos semanas de vacaciones empezó a trabajar en una peluquería. Cada vez me sentía más esperanzado: tenía muchos amigos y Kate venía a visitarme todos los días.

Un día de visita, Kate comprobó que mis brazos recobraban su fuerza; vio cómo apoyaba mi codo en la cama y cómo mi brazo podía apuntar hacia el techo. Cuando realizaba este último ejercicio, Kate me cogió de la muñeca y me dijo:

—Tira hacia ti.

Obedecí, pero sentí un latigazo que me recorrió todo el cuerpo.

—Hazlo otra vez, Andy —me insistió.

—Espera, querida; he sentido como una descarga por todo mi cuerpo.

—¿Te sientes bien? Quizá no debías haber hecho ese esfuerzo —me dijo Kate llena de preocupación.

Me quedé inmóvil, sin articular palabra.

—¿Estás bien, Andy?

—Sí, pero he pasado un rato muy malo.

Kate siguió sentada y al cabo de un rato dijo:

—Perdona, Andy, me voy al servicio.

Al levantar su bolso del suelo y colocarlo encima de la cama, lo sentí cerca de mi pierna.

—¿Me tocaste la pierna, Kate?

Ella me miró intensamente.

—¿Sentiste algo en la pierna? —me preguntó.

Yo pensé que sí, pero temí que todo fuera fruto de la imaginación.

Seguí tumbado y mirando al techo, puesto que estaba de espaldas.

—Déjame que te toque, y tú adivinas dónde —me sugirió.

—De acuerdo, Kate.

Kate se alejó un poco para iniciar el juego más bello de mi vida.

—¿Qué te estoy tocando ahora?

—La rodilla derecha. Ahora la izquierda.

Yo iba contestando y completando el juego.

—Ensayemos los dedos de tus pies —levantó la sábana y encontró mis pies.

—¿Qué pie te estoy tocando?

—El izquierdo. Ahora el derecho. Ahora me estás tocando el dedo gordo, ahora el pequeño.

Kate se acercó a la cabecera de mi cama, se inclinó sobre mí riendo y llorando al mismo tiempo.

—Ya sientes, Andy, ya sientes —y al tiempo que me besaba, las lágrimas de sus mejillas mojaron las mías.

Aunque yo apretaba los párpados, no pude evitar una catarata de lágrimas. No eran lágrimas de tristeza, sino de gozo completo.

Las nuestras no fueron las únicas lágrimas del día. Cuando mis padres se enteraron de mi mejoría, también lloraron. Finalmente nuestras esperanzas y oraciones habían sido oídas.

Al día siguiente, cuando Jane llegó para su primera sesión de masajes, le dije alborozado que ya sentía mi cuerpo. Jane, después de comprobar las buenas noticias, habló con el doctor Silver. Cuando los doctores Silver y Bash vinieron a verme se aseguraron de que, efectivamente, había recobrado la sensibilidad.

Me notaba diferente, otra persona. Podía sentir cualquier contacto y sin ninguna clase de dolor. Era como cuando vas al dentista y te pone una inyección de anestesia para empastarte una muela. Sentía todo mi cuerpo adormecido, pero lo sentía. Igual que cuando el dentista ha terminado el empaste y te tocas el labio con la lengua o lo muerdes: lo sientes, pero de una forma imprecisa. En otras palabras, yo sentía cuando alguien me tocaba, pero no tan vivamente como antes del accidente. Claro, no era la curación total, pero se abría una gran esperanza en mi vida.

Empecé a sentirme mucho mejor, y aunque no podía mover el cuerpo, me sentía muy optimista. Al tiempo que la sombra del accidente se alejaba de mí, empecé a ser más sociable con la gente que me rodeaba.

Los enfermeros y enfermeras, con sus cuidados, evitaron que se produjeran llagas en mi cuerpo. Los médicos me sometieron a exámenes de sangre y de orina diariamente para evitar serias complicaciones.

Ahora me daba cuenta de lo importante que fue para mí el cambio de hospital. Aquí el personal estaba mejor preparado, todos parecían auténticos especialistas. Yo era el único enfermo en la sala que llevaba compás de tracción craneal en la cabeza; ahora me di cuenta de la impresión que causaba a aquellos que venían a verme por primera vez.

Un día mis amigos Chris, Terry y sus hijos vinieron de visita. Jackie tenía doce años y Darren sólo diez, y aunque sus padres les habían preparado para la visita, la visión que les ofrecía debía de parecer esperpéntica. Mi aspecto de extraterrestre afectó al pequeño Darren, que sólo pudo musitar un apagado «¡Hola!» y se puso pálido. Terry tuvo que sacarlo de la sala antes de que se desmayara.

Muchos de mis visitantes esperaban verme como me habían conocido, y les impresionaba mucho mi estado actual.

Tenía la cara chupada, se podían contar mis costillas a través de mi finísima piel; el pelo largo y sucio; nadie me lo había lavado desde el día de mi accidente.

Algunos visitantes disimulaban sus impresiones, y una vez sentados, hablaban normalmente; otros me miraban fijamente, se sentaban nerviosos, miraban a cualquier parte y decían cosas sin sentido.

Un miércoles me enteré de que mi hermano Bruce y su mujer Jackie iban a venir a visitarme. Mi hermano había sido un asiduo de todos los miércoles. Jackie sólo había venido cuando podía dejar su trabajo. Bruce me llevaba diez años y se había ido de casa cuando yo tenía siete. Se había ido a trabajar a las cuadras del hipódromo de Newmarket. Desde entonces nos habíamos visto muy poco; algún fin de semana cuando nosotros íbamos a visitarle o él venía a nuestra casa.

Nuestros gustos eran diferentes: él siempre iba bien vestido, le gustaba la lectura, la guitarra y cuando venía a casa pasaba la mayor parte del tiempo en la escuela de equitación. Nunca causó a mis padres ningún problema; en cambio yo era el hombre más feliz del mundo vistiendo los pantalones más viejos y raídos, siempre estaba fuera de casa y daba continuamente quebraderos de cabeza a mis padres.

A pesar de nuestras diferencias, mi accidente nos había unido mucho.

—¡Hola, Andy! ¿Cómo estás? —acababan de llegar Bruce y su mujer Jackie.

—Estupendo, gracias. Estaba seguro de que hoy vendrías con Bruce, Jackie —dije.

—Sí, hoy pude dejar mi trabajo —me contestó Jackie.

Se sentaron y empezaron a hablar de todo un poco. Me dijeron lo felices que se sentían al ver mi mejoría.

—Sí, desde hace una semana me encuentro mucho mejor —les informé.

Eran las tres y vino el doctor Bash a visitarme.

—Hola, Andrew; hemos decidido quitarte esos feos tentáculos esta misma tarde. ¿Te parece bien?

Yo sabía que tenía que utilizar el compás de tracción craneal durante seis semanas, pero no que se cumplía el plazo. Pregunté si me llevarían al quirófano.

—No, lo haremos aquí mismo —dijo el doctor.

Salió de la sala unos minutos, regresó e invitó a mi hermano y a su mujer a que fueran a la cafetería. Corrió las cortinas e inmediatamente llegó un enfermero.

—Diga, doctor, esto no me va a doler, ¿verdad? —le pregunté.

—¡Oh, no! Voy a ponerte un *spray* anestésico y seguro que no vas a sentir nada.

El doctor puso el *spray* a ambos lados de mi cabeza. Pronto sentí malestar en el estómago y empecé a respirar profundamente, muy preocupado por lo que me iban a hacer. De pronto sentí que la cabeza no me tiraba hacia atrás y supe que me habían retirado las pesas del compás de tracción craneal.

—Bueno, voy a soltar las pinzas poco a poco. Primero una y después la otra.

De repente sentí una sacudida en mi cerebro. El doctor Bash acababa de colocar una llave inglesa en mi compás de tracción craneal. A cada vuelta de la llave sentía cómo los tornillos se iban desprendiendo de mi cráneo.

—Enfermera, las heridas están sangrando un poco. Traiga gasa y esparadrapo, por favor —pidió el doctor Bash, que siguió aflojando todos los tornillos hasta que los tentáculos plateados cayeron sobre mi cama.

El médico tenía razón: ningún dolor; sólo sentía mis sienes un poco blandas.

La enfermera regresó enseguida y comentó que estaba mucho más guapo sin todos aquellos hierros. Puso un poco de gasa en cada orificio y la sujetó con esparadrapo.

La enfermera descorrió las cortinas y Bruce y Jackie regresaron a mi lado.

—Andy, estoy seguro de que te sientes mucho mejor ahora —me dijo Bruce.

—Sí, de verdad, me siento muy aliviado —les aseguré.

Me preguntaron si me había dolido la intervención. Les contesté que no había sentido ninguna molestia.

Aquella noche, cuando mis padres primero y después Kate me telefonearon, les dije que ya me habían liberado de todos los tornillos que coronaban mi cabeza. Su alegría no tuvo límites y todos me enviaron mensajes de felicitación y de ánimo que me llenaron de satisfacción.

Terminadas las conferencias telefónicas, oí la voz de Frank llamándome:

—¡Hola, Andy! ¿Es verdad que te han quitado el compás?

—Sí —le contesté, y seguimos charlando.

Por la noche teníamos conversaciones muy interesantes. También se permitían visitas cualquier día y el tiempo que quisieran. Las autoridades hospitalarias eran muy comprensivas, pues sabían que muchos visitantes venían de lejos. Después de que los visitantes abandonaban la sala, nosotros seguíamos charlando hasta medianoche o hasta que cada uno iba siendo vencido por el sueño. Por esta razón los visitantes que venían muy de mañana nos encontraban siempre dormidos.

Cuando Kate vino al día siguiente, me regaló una enorme sonrisa al verme sin mi compás.

—Casi prefería verte con esos cuernos plateados —me dijo burlonamente mientras se sentaba y me empezaba a contar sus cosas.

Noté que quería decir algo especial, pero no se atrevía. Mientras la escuchaba, pensaba en lo peor: «Quizá quiere romper conmigo y despedirse, y lo comprendo. Tiene que ser aburridísimo venir aquí todas las semanas, sentarse y mirarme. ¿Cómo puede amarme todavía estando como estoy?» Todas estas cosas daban vueltas en mi cabeza y decidí salir de la duda.

—Kate, ¿qué te pasa? ¿Hay algo que me quieres decir y no te atreves? ¿Quieres romper conmigo? Tiene que ser muy aburrido para ti venir aquí y verme tal como estoy.

Kate me miró fijamente a los ojos, me estrechó la mano y me dijo:

—Yo nunca romperé contigo, querido, y no me importa si tardas en mejorar. Te amo y eso es lo importante. De todos modos vas a ponerte bien y algún día caminaremos juntos hacia el altar, para contraer matrimonio. Yo pensé que tú estarías aburrido de mí.

—No, Kate, nunca me aburriré de ti —protesté—. Te amo con toda mi alma y sin tus visitas no creo que hubiera sobrevivido a mis horas más negras.

Kate apretó mi mano y ambos nos miramos con amor. No sé quién lo dijo, pero uno de nosotros sugirió que debíamos comprometernos.

—Hagámoslo en mi cumpleaños —insistió Kate—, que será dentro de dos semanas, el treinta de junio.

Cuando Kate se fue, me quedé pensando si ella había aceptado el compromiso por pura compasión. En el pasado habíamos salido juntos, habíamos discutido juntos y habíamos superado tiempos difíciles también juntos. Si Kate me aceptaba por compasión o por amor, el tiempo lo diría.

Aquel sábado un grupo de compañeros de La Grange vinieron a verme. Al acercarse a mi cama, advertí que Gary traía una caja.

—Hola, Andy. Hemos comprado entre todos este regalo. Hemos estado reuniendo el dinero desde el día del accidente y aquí lo tienes. Es lo que tu madre nos dijo que te gustaría.

Al dar vuelta a la caja vi la foto de una radiocasete.

—¡Maravilloso! Gary, agradece a todos los que hicieron posible este regalo. Estoy emocionado.

En mi interior me sentía feliz al pensar que mis compañeros se habían desprendido de su dinero para comprarme un regalo.

Gary conectó la radio y la colocó sobre mi mesilla. El sonido era maravilloso. Ahora podía escuchar mis cintas favoritas. Mis amigos de La Grange se habían portado magníficamente conmigo, no sólo por este regalo, sino por sus frecuentes visitas. Recuerdo que hacía una semana que habían llegado al hospital en tres coches y tuvieron que hacer turno para entrar a visitarme. Sin embargo, hubo un amigo que me visitó con mucha frecuencia. Era mi viejo amigo Terry. Habíamos sido amigos desde siempre, desde que empezamos a jugar al fútbol y a ir a la escuela juntos. Aunque Terry me llevaba dos años, esto no era óbice para nuestra entrañable amistad. Así pasaba con todos mis amigos: todos eran mayores que yo.

Recuerdo la noche en que a Terry le plantó su novia por otro: se sentía desconsolado. Se bebió una botella de vino para ahogar sus penas y tuve que acompañarle el resto de la noche en un largo paseo por la urbanización, parándonos en cada alcantarilla para que pudiera vaciar su estómago de ebrio. Después tuve que llevarle a casa en su bicicleta y recordarle cómo se usan los pedales. Por fin llegamos a su casa después de un par de caídas.

Pero lo más gracioso ocurrió la mañana siguiente. Mientras Terry estaba borracho, acordamos ir a recoger guisantes a las siete de la mañana. Llegué puntualísimo a su casa y llamé a la puerta. Su padre se asomó por la ventana del dormitorio y yo le pregunté si Terry se venía a trabajar.

Su padre, frotándose los ojos, me contestó que Terry todavía no había vuelto a casa. En aquel instante se abrió la puerta del invernadero y apareció Terry. Como nadie le abría la puerta de casa había tenido que refugiarse en el invernadero y dormir sobre un banco. Fuimos a recoger guisantes, pero Terry tuvo que regresar a casa hacia el mediodía por la resaca que tenía.

6 *Un buen día en una mala semana*

DESDE mediados de junio los días se hicieron cada vez más calurosos, y todas las mañanas me despertaba el sol que entraba por la ventana que estaba justo detrás de mi cama. Aunque al principio me gustaba, con el tiempo llegó a molestarme su excesivo calor y claridad. Yo, lo mismo que mis compañeros, necesitábamos ventiladores para librarnos del calor. Si éstos no bastaban, las enfermeras nos colocaban paños fríos sobre la frente. Dada nuestra debilidad, la subida de temperatura era un peligro serio para nuestra salud.

Una mañana, cuando las enfermeras me estaban bañando, observaron que tenía una pequeña herida en un glúteo. Cuando el doctor me la vio, dio órdenes para que sólo me colocaran sobre los costados y no sobre la espalda. Esto significaba que el roce del collarín sobre mi barbilla se iba a intensificar. Confié que me lo quitaran pronto, como lo habían hecho con el compás. Además, mi cuello estaba mejor y lo podía mover sin desmayarme. Mis esperanzas se cumplieron la mañana siguiente cuando la enfermera Shilton me quitó el collarín. Esto me produjo una enorme satisfacción. Sólo quedaban en mi barbilla dos molestas rozaduras.

Al día siguiente vino Jane, como de costumbre, para la sesión de masaje.

—¡Hola! Jane, ¿cuándo piensas que dejaré la cama? —Jane continuó estirando y doblando los dedos de mi mano y me contestó:

—Andy, todavía tienes que pasar mucho tiempo antes de poder levantarte.

Después de una larga pausa, insistí:

—Bien, ¿cuánto tiempo?

—Veamos —dijo Jane—. Has estado inmovilizado durante seis semanas y hace unos días que te quitaron el compás. Pienso que tendrás que estar en cama todavía unas cinco o seis semanas.

—¡Otras seis semanas! ¡Me estás tomando el pelo! —le dije, pero cuando miré su rostro me di cuenta de que hablaba en serio—. De verdad, Jane, que aunque vienen a verme muchas visitas y tú, en concreto, dos veces al día, ya estoy harto de seguir tumbado —Jane siguió su sesión de masajes y me sugirió que leyera algún libro—. ¿Cómo voy a leer un libro si apenas puedo sostener una carta en mis manos? —le repliqué.

—Hablaré con el Departamento de Terapia —dijo para animarme—. Estoy segura de que ellos podrán solucionar tu problema.

Jane continuó tratando mis piernas.

—¿Qué pasará cuando pueda levantarme? ¿Qué tipo de terapia me aplicarán? —le pregunté.

—Hay dos departamentos de rehabilitación: uno a poca distancia de aquí, al lado de la cafetería que tus padres frecuentan cuando vienen a visitarte.

Entonces Jane empezó a decirme los diferentes ejercicios que se practican en cada departamento. En el primero te enseñan a vestirte, a lavarte, a escribir a máquina, a manejar un cuchillo, un tenedor...

Puse muy poca atención en sus palabras porque creía que no iba a necesitar tanta ayuda. Estaba convencido de que mis miembros y mis músculos volverían a tener fuerza. Dejé que Jane siguiera hablando y enumerando otras cosas que haría cuando dejase el lecho, como natación, tiro al arco, paralelas...

«Tiro al arco, estupendo», pensé.

Jane terminó conmigo y pasó a cuidar a otros enfermos.

Aquella misma tarde una fisioterapeuta me trajo un atril; puso un libro encima y lo sujetó. Luego me colocó un palo con un dedal de goma en la correa que usaba para comer para que pudiera pasar las páginas del libro, una a una. Tenía que sacar las hojas de debajo de una goma elástica y meterlas debajo de una segunda. El único problema era que en vez de pasar una sola hoja, arrastraba dos o tres. Intenté leer, pero experimenté una clara sensación de mareo y tuve que cerrar los ojos. Intenté leer otra vez y lo hice durante un rato, pero la verdad era que yo nunca había sido un buen lector y me costaba leer, así que dejé el libro para el día siguiente.

Mis padres vinieron a visitarme por la tarde y notaron que estaba un poco molesto porque no había podido leer ni siquiera un capítulo del libro. Me contaron las cosas de siempre e intentaron que me desahogara. Al cabo de un rato salió mi padre de la sala para regresar casi inmediatamente con una gran caja.

—Pregunté a la jefa si había inconveniente en traerte un televisor, ahora que te han quitado el compás. Como me dijo que no había ninguno, me fui al centro de la ciudad y lo compré.

Casi todos los enfermos tenían un televisor portátil cerca de sus camas, pues era casi imposible ver la televisión situada en uno de los ángulos de la sala. Mi padre sacó la televisión de la caja y la colocó al lado de mi cama. Ahora podía ver mis programas preferidos. «Podré seguir el campeonato de tenis de Wimbledon», pensé para mis adentros. Entonces no sabía que ver la televisión me iba a producir los mismos efectos que la lectura de un libro: mi cabeza empezaba a dar vueltas. Con el paso del tiempo pude ver muchos programas y rara vez me mareaba.

Kate y yo tuvimos que adelantar nuestro compromiso al caer el treinta de junio en miércoles, día en que Kate tenía que estar ya trabajando de peluquera.

Llegó el día del compromiso, y tanto los padres de Kate como los míos estuvieron presentes para un acontecimiento tan importante.

Mi madre trajo una deliciosa tarta que había encargado de antemano, y Kate había escogido y traído los anillos.

Situados todos alrededor de mi cama, contemplaron cómo Kate y yo intercambiábamos los anillos. Como había perdido bastante peso, mi anillo resbaló de mi dedo y tuvieron que sujetármelo con un poco de cinta adhesiva. Después llegó la hora de partir la tarta: como yo no tenía fuerza para cerrar la mano, Kate la acercó al cuchillo y cortamos la tarta. Mi madre se encargó luego de distribuir la tarta en porciones, que fue entregando a cada enfermo de la sala, que se llenó de gritos de vivas a los novios.

Kate abrió las cartas y regalos que muchos amigos nos enviaban. Recibimos cartas de nuestros familiares y de muchos amigos de la urbanización.

Kate me habló de los regalos que habíamos recibido: una pequeña lámpara, una bandeja de plata con su correspondiente juego de vasos, también de plata, y muchas cosas más.

Llegó la hora de la despedida: las últimas semanas había podido controlar mis emociones, pero hoy era un día diferente. Pude decir adiós a los padres de Kate, pero a la hora de despedir a los míos, un nudo apretó mi garganta. Llegó el momento de decir adiós a Kate, y encima sabiendo que en adelante sólo vendría los domingos y los lunes. Después de verla casi todos los días durante las últimas semanas me iba a resultar difícil la despedida, sobre todo el día de nuestro compromiso matrimonial.

Kate rompió el silencio:

—No quisiera irme, cariño, pero empiezo a trabajar mañana y no tengo otro remedio. Te escribiré todos los días, te llamaré todas las noches y te visitaré todos los domingos.

—No te aflijas, Kate, lo comprendo todo —dije estas palabras maquinalmente.

Kate se apoyó sobre mí y me dio un largo beso. Yo puse mi brazo alrededor de su cuello para que no se fuera, pero comprendí que se tenía que ir. Antes de dejar la sala se volvió y me miró. Intenté sonreírle, pero ya se había ido. Quise mirar al techo, pero mis ojos estaban arrasados de lágrimas. «¡Oh, Señor, ayúdame, por favor!» Lo dije en voz baja para que nadie oyera mi súplica. Estaba solo y ni la radio ni la televisión podían sacarme de mi soledad.

Nadie vino a visitarme al día siguiente y maté el tiempo escuchando mis canciones favoritas y tratando de mover los dedos, apretando una pelota que mi madre me había traído el día anterior. Intenté leer el libro, pero pronto le dije a la enfermera que me lo quitara, pues no podía pasar las páginas y esto me desmoralizaba. Frank me llamó por teléfono por la tarde.

—¡Hola, Andy! ¿Todo bien? No sé cómo te encuentras. ¿Estás bien de verdad?

—Sí, Frank, estoy muy bien —le contesté—. No tengo mucho que contarte. De verdad, después de comprometerme ayer con Kate hoy me parece un día aburridísimo.

Frank quiso seguir la conversación, pero se dio cuenta de que no estaba el horno para bollos y colgó.

Mi madre llamó después de la cena. Al escuchar su maravillosa voz me sentía con ganas de tirarme de la cama y correr a su encuentro. Aquella noche todos estaban en casa y se fueron pasando el teléfono. Después de mi madre habló mi padre; después Jo y Lou y, al final, volvió el teléfono a manos de mi madre para despedirse.

Apenas la enfermera había colgado el teléfono, cuando éste sonó de nuevo.

—Es para ti, Andy —me dijo.

Era Kate que quería contarme su primer día de peluquera y decirme que ya me había escrito una carta antes de llamarme. Seguimos hablando hasta que agotamos todos nuestros temas; después nos confesamos mutuamente nuestro amor y colgamos.

Al día siguiente recibí una buena noticia: las heridas de mi glúteo estaban curadas y ya podía descansar otra vez sobre la espalda.

Bruce llegó puntualmente, como siempre, y cuando empezábamos a charlar, entró mi viejo amigo Brynly.

—¡Hola, Andy! ¿Cómo estás?

Era la segunda vez que me visitaba. Brynly estaba en el ejército y le era difícil venir a verme.

—Gracias por tu visita, Brynly. No sabía que ibas a venir. ¿Cómo has venido hasta aquí? —le pregunté.

—Cogí el tren a Liverpool street, cambié de tren para Aydesbury y aquí estoy —me dijo sonriendo.

Se sentó y me contó su vida en el ejército: su entrenamiento, sus marchas, su examen de conducir camiones todo terreno.

Le conté cómo mi estado de salud había mejorado un poco, cómo podía mover los brazos y ya tenía sensibilidad en todo el cuerpo.

—Me alegro, Andy —dijo Brynly, y pude ver a través de su rostro que se alegraba de verdad.

Nuestra conversación sólo fue interrumpida por las enfermeras que cada dos horas tenían que cambiarme de postura. Hacia las seis, Brynly tuvo que irse para no perder el tren. Mi hermano se ofreció a llevarle a la estación y se fueron. Bruce volvió y se quedó haciéndome compañía una hora más. Nos despedimos y me prometió volver el miércoles siguiente.

Me había sentido algo acalorado durante el día y lo había achacado al tiempo tan caluroso que hacía. Pero una vez que Bruce y Brynly se fueron, me sentí enfermo de veras.

Intenté olvidarme de lo mal que me sentía, pero no me sirvió de nada. Cuando empecé a devolver el té me di cuenta de que debía de estar realmente enfermo. Mi problema era que no podía incorporarme y por eso me estaba atragantando con lo que vomitaba.

Les, que estaba en la cama de al lado, debió de darse cuenta de que me estaba ahogando, porque le oí gritar:

—¡Enfermera, rápido; Andy está vomitando!

La enfermera vino corriendo a mi cama y accionó el botón para cambiarme de posición. Inmediatamente otra enfermera llegó con una palangana y la colocó debajo de mi boca: pasé unos momentos críticos al no poder devolver. Mi corazón galopaba ciegamente; por fin pude devolver y sentí un breve alivio. Cerré los ojos, noté que me abrasaba interiormente y empecé a sudar a mares.

Alguien debió de llamar al doctor, pues a los pocos minutos estaba a mi lado.

—Veamos, Andy. Voy a tomarte la presión sanguínea. No es nada serio; creo que tienes una ligera infección de orina. No te preocupes, pronto estará todo en orden.

Yo había oído a otros compañeros lo mal que se pasaba cuando se sufría una infección de orina; estaba preparado para pasarlo mal.

El doctor Bash me tomó unas muestras de sangre y orina para analizarlas. Después introdujo una aguja en la vena principal de mi brazo izquierdo y colocaron un trípode cerca de mi cama: una bolsa de líquido transparente pendía del trípode y un tubo de plástico comunicaba la bolsa con la aguja. Había una válvula en la parte inferior de la bolsa para permitir la salida del líquido gota a gota.

El doctor me dio algunas pastillas y se fue.

No dormí nada aquella noche y a la mañana sentía muchas molestias. Llegó la hora del desayuno para todos, menos para mí, aunque, de verdad, no tenía ningún apetito.

Vinieron los médicos y el doctor Bash les dijo lo que me había pasado el día anterior, lo que él había hecho y la receta que me había prescrito. El doctor Silver miró la bolsa de la orina que colgaba a un lado de mi cama y dijo a la jefa que me aplicaran un nuevo tratamiento.

Como ya estaba tomando entre veinte y veinticinco pastillas diarias por diferentes conceptos, pensé que por unas pocas pastillas más no iba a pasar nada.

Mi madre tenía ya programada su visita y no sabía nada de lo que me había ocurrido la noche anterior. Además, iba a venir acompañada de algunos viejos amigos de la familia que nunca habían venido a visitarme. Mi madre entró en la sala con los nuevos visitantes, tía Lil y tío Stan, y en vez de pararse junto a mi cama, pasaron de largo. Vi cómo preguntaba a la enfermera jefa si me habían cambiado de lugar, y cómo ella le explicaba lo que había pasado; inmediatamente se acercaron a mi cama.

—¡Hola, querido! La enfermera nos ha dicho que has pasado una noche fatal.

Me di cuenta de que mi madre estaba pálida y que una repentina emoción le hacía difícil hablar.

—Me han dicho que tienes una infección de orina —miró rápidamente al trípode y después a mi cuerpo inmóvil encima de la cama.

El poco color que había ganado en una semana lo perdí en una noche. Mi madre me cogió la mano.

—Yo les había contado a Lilliam y a Stan lo bien que estabas y mira ahora —se quejó con suavidad mi madre.

Los miré e intenté sonreírles. Quería hablar con ellos, preguntarles por el viaje, pero esta infección me había robado la poca energía que tenía. Creo que ellos se dieron cuenta de mi estado de ánimo y contestaron lacónicamente a mis preguntas. El resto del tiempo se sentaron silenciosamente al pie de mi cama y sólo hablaron en contadas ocasiones.

La tía Lil y el tío Stan se excusaron para ir a tomar una taza de té; así yo podía quedarme a solas con mi madre.

Una vez que mis tíos se fueron, mi madre empezó a llorar.

—Yo que esperaba haberte encontrado bien, que les había dicho lo bien que te encontrabas...

—No llores, mamá; me voy a poner bien. Esto es sólo una infección que se curará en un par de días. De todos modos tú eres la que me tienes que animar y no yo a ti.

Esto hizo sonreír a mi madre. Era la primera vez que había visto llorar a mi madre desde mi accidente, aunque estoy seguro de que tenía que haber derramado muchas lágrimas a solas. Pienso que las lágrimas le hicieron bien, pues ahora se sentía más tranquila y así pudo contarme lo que pasaba por casa. Cuando mis tíos regresaron, se mostraron más locuaces y me contaron cantidad de cosas.

Llegó la hora de irse y mi madre no se decidía a despedirse. Yo presenté mis excusas a mis tíos por no haberles podido atender mejor, a ellos que venían de tan lejos. Me dijeron que comprendían mi situación y que me deseaban una rápida convalecencia.

Mi madre me llamó aquella noche en cuanto llegó a casa para saber si me sentía mejor y le dije que sí. De verdad que me sentía mejor y aquella noche dormí bastante bien. Dos días después retiraron la aguja de mi brazo y el gota a gota, y me permitieron comer y beber como siempre: en mi vida me había sentido tan enfermo como en aquella ocasión.

7 *Sin picores*

EN julio empecé a recibir postales casi a diario de mis amigos que estaban de vacaciones. Mi hermana Brenda, muy aficionada a mandar postales, me había estado enviando una cada semana desde el mismo día de mi accidente. Las fotos de las tarjetas eran de East Bergholt y sus alrededores, lugares todos ellos muy populares para los turistas.

La contemplación de estas fotos traían a mi memoria muchísimos y felices recuerdos de mi infancia. Estos recuerdos se concretaban en algún lugar o en alguna chica que me había acompañado en aquel sitio. Aunque Kate y yo empezamos a salir juntos hace mucho tiempo, también tuvimos nuestros enfados, y en esos intermedios solía salir con otras chicas. No quiero decir que yo era o que soy alto, moreno y guapo y que sólo necesitaba silbar para que las niñas vinieran corriendo; lo que sí puedo decir es que siempre tenía el éxito asegurado con el sexo opuesto. Hay tíos que van fardando de con cuántas se han acostado. Yo nunca pude entender la presunción de chulearse acerca de las diferentes chicas que se habían ligado. Eso convertía a las chicas en material barato, cuando realmente tú eras el hombre afortunado de estar en compañía de una simpática chica y con la oportunidad de gozar de algo más que de sus besos.

Conservo buenísimos recuerdos de aquellos tiempos, recuerdos felices que solamente cierta chica y yo compartimos. Pero rememorando aquellos tiempos, yo hubiera deseado tener una relación más duradera con un par de chicas con quienes solía salir durante mi adolescencia. Ellas saben a quiénes me estoy refiriendo si por casualidad leen estas líneas.

El Señor sabía lo que hacía cuando decidió meternos en el cerebro un banco de recuerdos, porque sin recuerdos mis muchas semanas en la cama me habrían resultado insoportables.

Ya llevaba en cama dos meses y medio, mi pelo había crecido

desmesuradamente y estaba sucio y grasiento. Esto me producía un picor constante y molestísimo. Sabía que era imposible lavarlo cuando tenía aquellas pinzas metálicas sujetas a mi cabeza, pero hacía ya un mes que me las habían quitado y las heridas estaban cicatrizadas, así que pedí a una enfermera que me lavara la cabeza.

—¡Cómo no; si tengo tiempo, esta misma tarde te la lavaré!

«Estupendo —pensé—, así mi cabeza no perecerá comida por los piojos.»

No hubo visitantes aquella tarde, así que todo estuvo a nuestro favor. Marcia vino después de la comida.

—Bueno, Andy, ¿estás listo para el lavado de cabeza? —me preguntó.

Marcia era una enfermera joven; tendría unos diecinueve años, era negra y se peinaba al estilo afro.

—Sí, sí, Marcia, ya no puedo esperar más —contesté.

Marcia desapareció y regresó con una gran sábana de plástico y un par de palanganas que colocó sobre el suelo, y sin más empezó a lavarme el pelo.

¡Qué a gusto me sentí! El agua templada y la manera en que Marcia me dio el masaje capilar me reportaron un gran alivio. Después me aclaró el pelo y lo secó con un secador.

Sólo el hecho de haberme lavado la cabeza me convenció de que me iba a curar pronto. Marcia se acercó a la cabecera de mi cama y se quedó contemplando mi pelo.

—Debo confesar que has quedado muy favorecido —me dijo la enfermera, y me sonrió abiertamente.

Yo le devolví la sonrisa y me di cuenta de que se quería divertir conmigo. Marcia era una simpática chica. A los dos nos gustaba la música rock, y en las últimas semanas nos habíamos prestado varias cintas; así surgió una amistad más intensa de la normal.

Cuando mi madre me telefoneó aquella noche, me dijo que se iban de vacaciones.

—Pero no te preocupes —añadió—, hemos decidido alquilar un apartamento cerca del hospital, así que podremos dar un paseo a Lou durante el día y pasar contigo las tardes.

«Maravilloso —pensé—, iba a estar junto a mis padres una semana entera.»

Y así lo hicieron. Alquilaron un apartamento cerca del hospital. Por la mañana llevaban a Lou al zoológico y al parque de atracciones. Por la tarde venían al hospital a contarme lo que habían visto por la mañana.

Pensé que aquel tipo de vacaciones no eran nada agradables, especialmente para Lou, que tenía que estar sentada en silencio durante las largas visitas de mis padres. Realmente yo era el afortunado de tener a mi familia conmigo todas las tardes.

La semana se fue volando y mis padres regresaron a sus quehaceres. Kate llegó el domingo, como acostumbraba.

—Hola, Andy. Tengo buenas noticias. Recuerdas a Pablo, el marido de mi hermana Sue; pues sus padres viven a unos doce kilómetros de aquí y me ha dicho que puedo quedarme con ellos los domingos por la noche.

Esta noticia fue como una maravillosa música que llenara mis oídos. Me ayudó a despedirme de mis padres y de Lou más fácilmente. Prometieron volver la semana siguiente. Estaba contento con la noticia de Kate, pero triste por tener que despedirme de mis padres y hermana.

Kate llegaba temprano las mañanas de los domingos y del lunes, se sentaba junto a mi cama y allí pasaba el día hasta que alguien se la llevaba por la noche. Era un gran consuelo tenerla todo el día junto a mí, aunque muchas veces se nos agotaban los temas de conversación. En los largos silencios pensábamos lo que íbamos hacer cuando yo saliera del hospital.

Había tantas cosas que queríamos hacer juntos, como salir de vacaciones al extranjero, adquirir un apartamente igual que el que tenían nuestros amigos Della y David. Soñábamos mucho, pero los sueños, ¿se convierten alguna vez en realidad?

8 *Andy, ¿te gustaría sentarte?*

COMENZABA un nuevo día y el equipo médico se disponía a realizar su diario recorrido. Yo ya era un veterano en la sala, así que los médicos tardaban bastante tiempo en llegar a mi cama.

—Hola. ¿Cómo estás? ¿Cómo te sientes hoy? —oí decir al doctor Silver al pasar junto a varios enfermos. Tras cada visita había una breve reunión y un diagnóstico. Yo fui el siguiente.

—Hola, Andy. ¿Cómo te sientes hoy?

—Bastante bien —repliqué.

—Enfermera, mire esas notas, por favor. Has estado en cama casi diez semanas. Creo que pronto tendremos que levantarte. Todavía tiene el catéter puesto, así que tendremos que quitárselo, hacerle un contraste un día de esta semana y algunas radiografías del cuello. Doctor Bash, quizá tenga que tomarle algunas medidas para encargarle una silla de ruedas.

«Seguro que el doctor Silver se va a la ciudad hoy», pensé para mis adentros cuando el equipo médico estaba ya al fondo de la sala.

Llamé a Marcia y le dije que el doctor Silver autorizaba a que me quitaran la sonda y que me tenían que hacer algunas radiografías. Me convencí de que el hecho de retirarme la sonda era una buena señal; sin embargo, tenía que aprender a evacuar por mí mismo.

—Pero ¿qué diablos es un contraste? —le pregunté a Marcia.

—Mira, Andy, tienes que bajar a la sala de rayos X. Allí un doctor te inyectará un colorante para que cuando te hagan las radiografías el doctor pueda ver con mayor claridad tus riñones y vejiga. Probablemente también te harán algunas radiografías de cuello —añadió.

Cuando los médicos terminaron de pasar visita, el doctor Bash vino directamente a mi cama y me hizo algunas preguntas antes de encargar una silla de ruedas.

—¿Cuánto pesabas antes del accidente? ¿Qué mides? —el doctor apuntó todas mis contestaciones y se fue.

Al quedarme solo empecé a pensar en lo que el doctor Silver me había dicho.

Diez semanas antes vivía al día sin preocuparme del futuro. Ahora las cosas habían cambiado y después de diez semanas en reposo el hecho de tener que usar una silla de ruedas me sublevaba. Estaba convencido de que el día que dejara la cama no necesitaría casi ni sentarme en una silla. Eso era lo que yo me había repetido a mí mismo miles de veces durante el tiempo que llevaba postrado en cama; pero en unos pocos minutos, la realidad había echado por tierra todos mis sueños. En vez de sentirme contento de abandonar el lecho, me sentía profundamente decepcionado. Pero el dilema estaba ahí: permanecer toda mi vida en cama o usar una silla de ruedas y luchar como un campeón para librarme de ella lo antes posible.

Estaba dándole vueltas cuando llegó Lawrence, uno de los enfermeros. Corrió las cortinas y me dio los buenos días. Me convencí de que iba a librarme de la sonda. Aunque estaba satisfecho, en momentos como éstos sentía una profunda vergüenza. El accidente no habría sido tan grave si hubiera podido realizar los dos actos más privados: orinar y defecar sin la ayuda de nadie. Necesitaba realizar estos actos por mí mismo para recobrar mi dignidad.

Lawrence removió la sonda, colocó un bacín entre mis muslos y se alejó

—Hola, Andy. He oído que te han tomado las medidas para una silla de ruedas —era Frank quien había oído al doctor Bash anotando mis medidas personales.

—Sí, Frank, me van a traer el último modelo de silla de ruedas, sólo que la fábrica tardará algún tiempo en entregarla.

Frank empezó a hacer chistes sobre la nueva silla y avisó a todos los enfermos que se metieran en la cama tan pronto como Andy se montara en su nueva silla fórmula 1.

Aunque tuve que alegrarme por el hecho de poder levantarme y moverme en una silla, siempre pensé que para estas fechas estaría totalmente recuperado. Ahora me tuve que convencer de que tenía que empezar a trabajar en mi total recuperación, con mis sesiones de fisioterapia.

Pronto me di cuenta de que podía orinar normalmente, aunque no tenía el control del esfínter; en otras palabras, que no podía empezar y terminar a voluntad propia, sino cuando mi vejiga estaba normalmente llena.

El mismo día que me retiraron la sonda me hicieron la radiografía de contraste.

Me bajaron a la sala de rayos X y allí me esperaba sonriente el doctor Bash.

—Hola, Andy. Te voy a inyectar un colorante en el brazo. Si sientes un ardor en tu garganta, dímelo y te inyectaré más despacio. No escupas la saliva, trágala.

Le observé cómo preparaba la jeringuilla y puedo decir que era increíblemente grande. «No me meterá todo eso», pensé, y desgraciadamente me equivoqué.

Me pinchó en vena, en el brazo, y comenzó a inyectarme todo el colorante. Mis ojos empezaron a llorar, sentí un ardor desconocido en la garganta y tuve que cerrar fuertemente la boca y tragar la saliva. Todo terminó en unos minutos.

—Estupendo, Andy. Túmbate en la cama y da tiempo a que el colorante se reparta por tu cuerpo. Dentro de un rato alguien vendrá a hacerte varias radiografías.

Así que me quedé tumbado hasta que un radiólogo entró en la sala.

—Hola. Voy a hacerte unas radiografías —me dijo, y empezó a manipular la enorme cámara fotográfica sobre mi cuerpo yacente.

—Respira, mantén el aliento. Deja salir el aire.

Después volvió a mover la cámara y a repetir las mismas órdenes. Cuando terminó la sesión de radiografías llegaron los enfermeros y me transportaron de nuevo a mi cama.

La tarde ya estaba avanzada; como no había tomado nada desde el desayuno sentí ganas de comer. Por suerte, una enfermera vino a verme y me preguntó:

—Andy, ¿te gustaría un huevo a la plancha con una tostada?

—Sería como un sueño, me encantaría —contesté entusiasmado.

La enfermera se fue a prepararlo.

Entonces oí a uno de mis amigos gritar:

—Andy, te tienen mimado; a los demás nos dan pan y mermelada por la tarde y a ti huevos y tostadas.

Generalmente por las tardes venían con un carrito con té, pan, mantequilla y mermelada para todos los enfermos. Incluso los que podían moverse regresaban puntualísimos para la hora del té.

Pronto me comí el huevo y lo acompañé con dos tazas de té. «Seré feliz cuando pueda beber el té sin la ayuda de una paja», pensé para mí mismo.

Casi al anochecer vino a verme el doctor Bash.

—Las radiografías muestran que estás mejorando mucho. Vamos a cambiarte a una cama que te permita incorporarte poco a poco. Tienes que recobrar tu sentido del equilibrio antes de que te sentemos en una silla de ruedas.

Aquella noche, por teléfono, dije a mis padres y a Kate lo que me había sucedido durante el día: las radiografías, el cambio de cama... Por el tono de voz adiviné la alegría de todos por mi mejoría.

Aquella noche, tumbado en mi lecho como siempre y envuelto en la oscuridad de la sala, me repetí la misma pregunta continuamente: «Una vez que me mueva en la silla de ruedas, ¿conseguiré mover mis miembros otra vez? Señor, te pido desde lo más profundo de mi corazón que mi pregunta tenga una contestación afirmativa». Repetí y repetí esta súplica muchísimas veces hasta que el sueño me venció. A la mañana siguiente fui saludado por un «Buenos días, Andy». Era la enfermera Shilton que me anunciaba cambio de cama en cuanto me bañaran.

Las enfermeras me lavaron como lo hacían todos los días. Después llegaron los enfermeros para levantarme en el aire y poder ahuecar mis almohadones, pero esta vez vinieron a cambiarme de cama. Mi nueva cama era más sencilla: sólo se movía hacia arriba para ayudarme a sentarme.

Cuando se terminó la maniobra era la hora del almuerzo y aquellos compañeros que podían levantarse estaban en sesiones de fisioterapia. Vi a la enfermera Shilton venir hacia mí.

—Muy bien, Andy, ¿te gustaría sentarte en tu nueva cama un poquitín?

Sentí un hormigueo en mi cuerpo y respondí:

—Sí, señora Shilton, me encantaría.

La enfermera Shilton pulsó un botón y la cama se levantó unos grados.

—¿Cómo vas? —me preguntó.

Estaba medio sentado y podía ver rostros y no solamente oír voces, como me había ocurrido hasta ahora; podía contemplar la totalidad de la sala. De repente sentí un ligero mareo y se lo dije a la señora Shilton, que estaba junto a mí.

—No te preocupes —me dijo—, a todos les pasa lo mismo cuando después de estar mucho tiempo tumbados intentan sentarse por primera vez. Respira profundamente.

Hice lo que me indicó la enfermera y se me pasó el mareo. Pude ver a Frank que estaba al fondo de la enfermería y le dije:

—Hola, Frank. Por fin puedo ver lo feo que eres.

Estaba sólo bromeando, aunque Frank tenía dos cicatrices que le afeaban la cara. Eran el resultado de haber sido despedido del camión a través del parabrisas. Al verle volverse hacia mí me di cuenta de que podía moverse mucho más que yo, pues solamente se había dañado la parte inferior de la columna.

—Hola, Andy —me contestó con su inconfundible acento londinense—. Me dices que estoy feo, pero tú tienes que mirarte en un espejo durante cinco minutos.

Los dos nos reímos. Junto a él estaba Peter, que tenía la columna lesionada en la misma zona que la mía, con la única diferencia que Peter decidió que le afeitaran la cabeza para colocarle el clásico compás de tracción craneal. Ya le habían quitado las pinzas y su pelo empezaba a crecer. Peter estaba acostado y se le veía muy delgado y pálido. Yo me preguntaba si me parecería a él.

Al otro lado de Frank estaba Kenny, en mejores condiciones físicas que Peter. Tenía el pelo castaño oscuro y una gran marca roja en la garganta. Supe después que le habían tenido que introducir un tubo en la garganta para que pudiera respirar. Estaba en idéntica posición que la mía; quizá su cama un poco más vertical, pues llevaba más tiempo en el hospital que yo.

Permití a mis ojos verlo todo, pero sin atreverme a mover la cabeza; tenía miedo de romperme el cuello otra vez. En mirada panorámica pude ver a Max, uno de los nuevos pacientes; tenía algunos visitantes y también vi por primera vez que en cada armario había una jarra de agua, así como radios, televisores, mascotas, amuletos colgados por doquier. La señora Shilton me dejó un rato y regresó de nuevo.

—Muy bien, Andy. Creo que por hoy has cumplido; mañana intentarás sentarte un poco más derecho —pulsó el botón y cuidadosamente fue bajando la cama a una posición horizontal, y así volví a mi eterna visión del techo.

Aunque sólo me había enderezado unos pocos grados y solamente durante diez minutos, estaba encantado de mis progresos.

Los días siguientes fueron levantando mi cama un poco más y yo mismo intenté doblar la cabeza, y por fin pude ver aquel rincón de la sala donde me colocaron el primer día de mi llegada al hospital. Ahora allí estaban los últimos ingresados, rodeados de sus familiares.

Torcí la cabeza a la izquierda y pude ver la ruidosa televisión encima de una estantería. También vi varias camas vacías y dos grandes mesas donde los enfermos tomaban sus comidas. Encima de las largas mesas había dos enormes floreros.

Observé a los enfermeros y enfermeras realizando sus trabajos: atendían a un enfermo y al minuto pasaban a atender a otro. Aunque la mayoría de los inválidos de mi sección estaban levantados, siempre había alguno que regresaba a la cama indispuesto. Observé cómo los enfermeros iban de una cama a otra, corrían las cortinas de alrededor de algunas de ellas y escuché las quejas de sus ocupantes.

Frank estaba mejorando muchísimo y veía a la fisioterapeuta que le ayudaba a ejercitar sus músculos. Tenía algo de fuerza en la pierna derecha y veía cómo la fisioterapeuta insistía en que la moviera más y más. Luego, retiró las sábanas y colocó un saco de arena sobre su pierna, concretamente entre la rodilla y el pie. Puso un par de almohadas debajo de la rodilla, lo que significaba que Frank tenía la rodilla doblada. En cuando Frank pudo mover la pierna derecha, la doctora colocó el saquito sobre el pie para hacer el ejercicio más difícil. Incluso tumbado en la cama, Frank tenía que utilizar la fuerza de sus músculos y así iba fortaleciendo sus piernas sin abandonar el lecho. Qué envidia tenía de Frank. Era como quien tiene que ayunar y enfrente alguien está comiendo un riquísimo pastel.

No quise hablar para que nadie adivinara la envidia que me recomía por dentro. Envidiaba a todo aquel que podía hacer las cosas mejor que yo. Jane se acercó a mi cama.

—¿Todavía no te sientas, Andy?

Me habían permitido sentarme unos minutos durante las últimas semanas y ya estaba acostumbrándome al mareo que me producía el incorporarme. Jane seguía viniendo dos veces al día a ejercitar mis músculos. Jane me dijo que probablemente me sacaría de la cama la próxima semana, si todo seguía como hasta ahora.

Estábamos a viernes. Mis padres iban a venir a visitarme. Sería la primera vez que me verían sentado en la cama. Iba a ser estupendo verles entrar en la sala sin necesidad de reconocerlos por sus pasos.

Me alegró su entusiasmo cuando se acercaron a mi cama. Aunque ya se lo había anunciado por teléfono, estaban ansiosos por verlo con sus propios ojos.

Al rato llegó la señora Shilton.

—Hola, señores Tricker. Sería estupendo que en su próxima visita trajeran ropa para Andy. Y también un par de zapatillas de baloncesto, pero un número mayor del que usa habitualmente. Empezará a levantarse la próxima semana.

Mi madre tomó nota del mensaje de la señora Shilton y ésta dejó la sala. Mis padres se quedaron hasta después del mediodía.

—Andy, esto es maravilloso —me dijo mi madre—. Te enviaré tu ropa con Jo y Tim mañana.

Sospechaba que iban a levantarme pronto, pero ahora que se acercaba el instante de la verdad, me sentía nervioso. Me sentía más seguro en la cama. Ahora y durante el día podía soñar e imaginarme que estaba completamente restablecido, que podía andar y hacer la vida normal. Sin embargo, era consciente de que tendría que enfrentarme a la realidad, a una realidad difícil y heroica.

Mis padres se fueron más contentos que unas castañuelas, convencidos de que en su próxima visita ya me verían levantado y moviéndome en una silla de ruedas.

9 *En plena acción*

EL sábado se fue como llegó. Algunos compañeros de mi garaje vinieron a visitarme: estuvieron Les, Noddy, Fritz y otro chico. Pasaron conmigo toda la tarde, excepto un rato en que se fueron a la cafetería. Me encantó verlos y me contaron todo lo que pasaba por el taller y cómo Andy, mi tocayo, se había roto los dos brazos en un accidente de moto.

—Andy, tenías que verlo. Está totalmente enyesado desde las muñecas hasta los hombros —explicó Frank, al tiempo que el grupo lanzaba una carcajada.

Su visita me animó y me puso al corriente de todo lo que había ocurrido en el taller. Me sirvió para entretener mi mente durante horas y hasta me hizo reír solo recordando las cosas que habían dicho. Ya debía de estar dormido cuando sentí que los enfermeros venían a cambiarme de posición.

Era curioso cómo me había acostumbrado a que me cambiaran de postura durante el sueño. Me solía despertar cuando me movían, pero, terminada la operación, seguía durmiendo.

El domingo siguiente a aquel en que la señora Shilton pidiera a mi madre que me trajera la ropa, y cuando estaba incorporado en la cama, llegaron Jo, Tim y Kate. Todos se alegraron de verme sentado.

Pude ver cómo Jo llevaba una maleta pequeña y se acercaba a mi cama.

—Jo, ¿vienes a llevarme a casa? —le pregunté en broma.

—Es lo que más quisiera, Andy.

Yo era dos años más joven que Jo, y por esa razón estábamos muy unidos, aunque esto no fue óbice para que en el pasado tuviéramos nuestras peleas como cualquier hermano y hermana. Como ya llevaba un largo rato sentado, vinieron los enfermeros v me colocaron en mi habitual postura horizontal.

—Le dije a Tim que tenía que hacerme con unas zapatillas de baloncesto.

—¿Qué te parecen éstas? —me preguntó al tiempo que ponía su pie a la altura de mi cabeza.

—Me encantaría un par como ése —le contesté.

Sin mediar más palabras Tim se largó a la ciudad a comprarme un par. También se fue Jo, así que Kate y yo nos quedamos solos. Kate me contó su vida durante la última semana. Me dijo que las primeras semanas de mi accidente apenas se había movido de casa, y que ahora ya salía más.

Aunque sabía que Kate no debía recluirse por culpa mía, sentía un poco de envidia y un confuso sentimiento de que se estaba aprovechando de mi enfermedad. Nunca dejé traslucir lo que pensaba, pero yo sospechaba que ella adivinaba mis pensamientos por las preguntas que me hacía.

Aquella tarde pedí permiso a la señora Shilton para fumar un cigarrillo. Hacía casi once semanas que me había olvidado del placer de fumar. La señora Shilton me autorizó a fumar. A la segunda *calada* mi cabeza se me empezó a ir, pero perseveré hasta terminar mi cigarrillo y al final me acostumbré. Mirando al pasado, siempre pensé que el accidente tuvo una cosa buena y fue el dejar de fumar.

Jo y Tim regresaron con unas estupendas zapatillas de baloncesto y se quedaron hasta entrada la noche. Finalmente se tuvieron que ir, prometiendo volver la semana siguiente, pues ya estaban de vacaciones.

Kate se fue a casa de sus parientes y regresó temprano a la mañana siguiente. Pasó todo el día conmigo, contándome todo tipo de cosas. Incluso estuvo junto a mí durante mi lucha para poder autoalimentarme. Sólo me dejó para ir a almorzar y tomar un par de tazas de té a la sala de visitas de Jimmy Savile. Esta sala de visitas había sido remodelada para que los visitantes pudieran descansar. Tenía una cafetera automática y unos sillones muy cómodos.

Cuando volvió me contó con quién se había encontrado, pues a lo largo de sus muchas visitas al hospital había hecho muchas amistades. Kate siempre se sentaba en el mismo sitio y allí se quedaba como inmóvil hasta que mi madre llegaba y se la llevaba para casa.

Fue en ese domingo cuando Kate me dijo que la próxima semana su cuñada empezaba sus vacaciones y que se podía quedar con ellos.

—Entonces podré venir a verte todos los días, Andy —me dijo—. Tú estarás levantado y sentado en la silla de ruedas y te podré llevar de un lado para otro.

Fue un gran consuelo saber que podía tener a Kate junto a mí todos los días. Kate y su madre pasaron toda la tarde conmigo. Me costó decirles adiós, aunque iban a volver al día siguiente.

A la mañana siguiente Lawrence pasó al lado de mi cama llevando una enorme caja sobre la que se leía «Tricker», camino de una pequeña habitación contigua a la enfermería. Esta habitación era como un cuarto de trastos viejos y cajas vacías.

—Hola, Lawrence, ¿qué llevas ahí con mi nombre y dirección? —le pregunté.

—Es tu silla de ruedas, Andy; voy a armarla ahora mismo.

Entonces oí una voz desde el otro lado de la sala:

—Ha llegado tu nuevo modelo, Andy. Estupendo, compañeros, observad cómo el viejo Andy va a empezar a moverse.

Pude adivinar al pregonero de la noticia. Fue Frank quien avisó a toda la sala que pronto contemplarían a un nuevo campeón de fórmula 1.

Aquella misma tarde una de las fisioterapeutas vino a verme. Era una señora de corta estatura y pelo blanco que me había vendado las manos durante mis primeros días en el hospital. Entonces solía ponerme unas tablillas en la palma de las manos y luego me las vendaban hasta parecer que llevaba guantes de boxeo. Aguanté esta situación los primeros días. Después, como no podía hacer nada con las manos, solía quitarme las vendas con los dientes y así mis manos quedaban libres otra vez.

Hoy no estaba interesada en mis manos. Venía a medir mi cuello para prepararme un collarín. A la media hora regresó con un collarín de espuma en sus manos.

—¿Me dejas que te lo coloque, por favor? —y con cuidado levantó mi cabeza y me lo ajustó al cuello—. ¿Cómo te sientes? —me preguntó.

—Bien; creo que me está un poco justo. Me aprisiona excesivamente la barbilla.

Inmediatamente me lo quitó y con unas tijeras hizo un recorte y me volvió a colocar el collarín.

—Ahora me siento mucho mejor, gracias —le dije.

Las cosas iban yendo muy deprisa: la silla de ruedas, el collarín, la posibilidad de permanecer sentado más tiempo cada día...

Por la noche, y en llamada telefónica, informé a mis padres de los cambios que se estaban operando en mi vida.

Había llegado mi gran día. La señora Shilton me dijo que me levantaría por la tarde por primera vez. Aquella tarde no iba a tener visitas, así que nadie se iba a reír de mí. Después de la comida elevaron mi cama, un poco al principio; después, más y más, hasta que me pude sentar derecho. Entonces, dos de los enfermeros, Lawrence y Barney, vinieron a mi cama acompañados de la señora Shilton.

—No hace falta que le vistamos, pues va a estrenar la silla sólo unos minutos —ordenó ella.

Corrieron las cortinas alrededor de la cama. Lawrence puso la silla de ruedas al lado de la cama y la enfermera me colocó el collarín. Después retiraron las sábanas.

—¿Estás bien, Andy? Lawrence, tú sostén su tronco, y tú, Barney, las piernas.

Yo había dicho que estaba muy bien, pero mi corazón latía a ritmo acelerado y un frío sudor me recorría todo el cuerpo.

Me di cuenta de que me levantaban y que me colocaban en la silla de ruedas y esto fue lo último que advertí, porque enseguida me desmayé y sólo recuerdo que al volver en mí estaba otra vez en la cama.

—¿Estás bien, Andy? —oí que me preguntaba la señora Shilton.

—Lo siento mucho, señora, no sé lo que me pasó —le contesté.

—No te preocupes, sencillamente te desmayaste. Eso es todo y no ha sido la primera vez, ni será la última. Probablemente fue culpa nuestra, pues no te dejamos sentado en la cama bastante tiempo. Mañana lo haremos más despacio, emplearemos más tiempo antes de ponerte en la silla de ruedas.

Retiraron la silla de ruedas y me dejaron descansar tranquilamente. No se me ocurría nada para disimular mi vergüenza. Estaba decidido a que mañana no pasara lo que me había sucedido hoy.

Al día siguiente elevaron mi cama por la mañana y por la tarde.

Había almorzado hacía ya bastante tiempo y estaba esperando la visita de Tim y Jo cuando llegaron Manuel y Barney.

—Hoy sí que estás bien, Andy —me dijo Manuel en su difícil inglés, al tiempo que cerraba las cortinas alrededor de mi cama.

Barney me puso el collarín, se abrieron las cortinas y se acercó la señora Shilton.

—¿Te sientes mejor hoy, Andy? —me preguntó.

La dije que sí, que estaba bien.

—Intenta respirar lentamente mientras Manuel y Barney te levantan.

Así lo hice mientras los enfermeros me levantaban de la cama y me sentaban en la silla de ruedas.

Estaba bien, no me había desmayado. Barney me colocó los pies en el reposapiés de la silla de ruedas y Manuel cubrió con una sábana mis desnudeces.

—Muy bien, Barney; abre la cortina —mandó la señora Shilton, y ella misma soltó los frenos de la silla y me empujó en mi nuevo medio de transporte hacia la puerta de la sala, pidiendo a gritos que alguien la abriera. Al llegar a la puerta dije casi en voz apagada:

—Creo que me voy a marear otra vez.

—No, tú no te vas a marear —dijo la señora Shilton al tiempo que apoyaba la silla en sus ruedas traseras y me pedía que respirara profundamente.

Así lo hice, y esa extraña sensación que precede a un mareo se desvaneció.

—¿Te sientes mejor? —me preguntó.

Yo le contesté afirmativamente y ella levantó la silla de forma que yo sólo podía ver el techo. Ella me insistía en que respirara profundamente.

Una voz vino a interferir nuestra conversación: era una voz familiar.

—Perdone, señora, ¿me podría indicar dónde está mi hermano? —era mi hermana Jo; no me había reconocido.

—Éste es tu hermano, pero no puede hablarte porque necesita toda su atención para su rápida rehabilitación. Vete a tomar una taza de café; para cuando vuelvas, estará en su cama.

Yo estaba intentando llenar mis pulmones de oxígeno para así mantener mi cerebro despierto.

La señora Shilton me columpió otra vez hasta que los efectos del mareo desaparecieron y entonces colocó la silla sobre sus cuatro ruedas. Aquellos minutos me parecieron horas, pero todo terminó cuando la enfermera me llevó a mi cama.

—Esto no será siempre tan agotador, ¿verdad? —pregunté.

—Oh, no; cada día irás mejorando —me contestó, y después de regalarme una calurosa sonrisa, se alejó.

Yo me debía concienciar de lo difícil que iba a ser levantarme después de haber pasado tres meses en cama. «Debes acordarte de lo débil que te sientes cuando después de una semana de gripe te levantas de nuevo», me dije mientras yacía tumbado y más cansado que de costumbre en la cama.

Estaba mirando al techo cuando Jo y Tim regresaron de la cafetería.

—¿Otra vez en cama, Andy? No te reconocí al verte en la silla de ruedas. Tu pelo es tan largo que te llega hasta media espalda —bromeó Jo.

—Mi pelo siempre ha sido largo, y mucho más ahora que llevo tres meses sin cortármelo —respondí.

Ellos fueron los primeros en verme sentado en la silla de ruedas, y después me contó Jo su primera reacción.

—Cuando entré en la enfermería y no te vi, pensé que te habían llevado a otra sala, y cuando me dijo la señora Shilton que tú eras el que iba en la silla, no lo pude creer. Te veía pálido, delgado y demacrado. Tu pelo te convertía en un ser extraño.

Los próximos días iban a ser de pura rutina, sólo que me habían dado la responsabilidad de accionar el botón que elevaba mi cama y me permitía sentarme derecho.

De vez en cuando me sentía algo mareado, aunque siempre me sobreponía al desmayo. Aquellos primeros días tampoco me vestían, y tan pronto como me sentaba en la silla, me cubrían con una sábana y me daban un paseo hasta el fondo de la sala donde había una ventana. Allí, al tiempo que procuraba llenar mis pulmones de oxígeno, miraba hacia los jardines del hospital, intentando concentrar mi atención en una fila de árboles, o en uno de los muchos coches que estaban en el estacionamiento. Concentraba mi atención en una de esas cosas hasta que sus límites se iban desdibujando como si una ligera niebla los fuera ocultado de mi vista; entonces uno de mis enfermeros levantaba la silla sobre sus ruedas traseras hasta que mi cerebro recibía el oxígeno necesario.

El sábado esperaba la visita de mis padres y Lou. Por la mañana me dijo la señora Shilton que me iban a vestir. Al poco tiempo vinieron los enfermeros Nicky y Lawrence a vestirme.

—¿Qué quieres ponerte hoy? ¿Esta camisa y estos pantalones vaqueros? —me preguntó Nicky, al tiempo que me mostraba alguna ropa que había sacado de mi maleta.

—Me parece bien —asentí.

Entonces Lawrence cogió una bolsa de plástico y la ató a mi pierna. Esto era algo a lo que tenía que acostumbrarme. La bolsa tenía la misión de recoger mi orina. Podía usar muchas palabras, como humillación, degradación, pero ninguna podía expresar mi estado de ánimo al tener que llevar aquella bolsita sujeta a mi pierna. Una vez sujetada la bolsa, empezaron a vestirme. Una vuelta por aquí y otra por allá y ya me habían puesto mis calzoncillos y pantalones. Después, mientras Nicky me sentaba en la cama, Lawrence me ponía la camisa. Me calzaron y me colocaron el collarín.

—Estupendo, Andy; siéntate tú mismo cuando quieras —me dijo Nicky, y me entregó el control remoto de mi cama.

Lentamente dejé que la cama se levantara hasta que pude ver mis piernas y pies. Allí estaban mis viejos tejanos y mis nuevas zapatillas de baloncesto que Tim me había comprado. La camisa que vestía me la había comprado hacía mucho tiempo. Estaba totalmente vestido, pero no me sentía así, quizá porque no lo había hecho yo mismo.

Estaba sentado en mi cama. Todo parecía sonreírme, pero me sentía muy nervioso. Miré mis piernas paralíticas y mis pies y me dije: «Por favor, dedos de mis pies, moveos. Vamos, moveos un poquitín, demostradme que podéis».

Cerré los ojos. «Por favor, cuando los abra, por favor, piernas, moveos otra vez».

Lo repetí muchísimas veces, pero cuando miré a mis piernas, seguían inmóviles. Me sentí abatido, pero reaccioné hablándome a mí mismo. «Vamos, Andy, ánimo. Llegará un día en que mis piernas se moverán. Si me repito esto sin descanso, llegaré a convencerme y también a mis piernas».

Estaba sentado junto a la puerta de salida, intentando llenar mis pulmones de oxígeno, cuando vi llegar a mi padres y a Lou. Se dirigieron hacia mí, se pararon, me saludaron, acercaron unas sillas a un rincón y se sentaron junto a mí en silencio porque les habían dicho que posiblemente no podría contestar a sus preguntas, ya que necesitaba todas mis energías para respirar.

Ellos me observaban. Les pedí que inclinasen la silla hacia atrás para facilitar mi respiración. Mi familia ya llevaba sentada como un cuarto de hora cuando vino Lawrence a empujar la silla de ruedas hacia la cama. Allí Nicky le ayudó a tumbarme en la cama. Al tiempo que me desvestían pensé: «A este paso nunca voy a manchar mi ropa; ¡mira que vestirme solamente para media hora...!» Corrieron la cortina, colocaron una sábana sobre mí, me tumbaron otra vez sobre la cama y luego descorrieron las cortinas. Mis padres, que habían estado esperando a cierta distancia, se acercaron a mi cama.

—Andy, fue maravilloso verte levantado —me dijeron.

Para ellos creo que fue maravilloso después de verme en la cama durante los tres últimos meses; para mí era un tormento cada vez que me transportaban de la cama a la silla.

Mis padres me contaron las cosas de la familia y cómo habían celebrado el vigésimo quinto aniversario del reinado de la reina Isabel con música y montones de comida en las praderas que están cerca de nuestra casa.

Charlamos y charlamos hasta que llegó la hora de irse. Estaba contento porque me habían visto sentado. Para su próxima visita desearía poder vencer mi mareo y hablar con ellos sentado.

Estoy seguro de que mis padres se fueron contentos después de verme fuera de la cama, y aunque yo mismo estaba satisfecho, mis sueños de haber estado curado para estas fechas no prosperaron. «Quizá cuando empiece a recibir sesiones de terapia mejoraré rápidamente», me dije.

Los ratos que pasaba sentado durante el día trataba de estar ocupado para librarme de mi habitual estado de mareo. Escuchaba la radio e intentaba estrujar la pelota que mi madre me había traído hacía muchas semanas.

Frank también se podía sentar un poco, y cuando los dos estábamos sentados, solíamos charlar de cama a cama.

—Andy, tírame la pelota y yo te la devolveré —me decía siempre.

Yo le miraba y me sonreía.

—Voy a intentarlo, Frank, pero no sé hasta dónde llegaré.

Todavía no podía coger bien la pelota; por eso tenía que poner la muñeca muy doblada para aprisionar las cosas entre mi mano y el brazo. Moví el brazo hacia un lado e intenté lanzar la pelota a Frank, pero se quedó a medio camino. Este intento fue saludado con risas por nuestra parte y por la de la gente que nos estaba observando.

Marcia recogió la pelota y me sugirió que lo intentara otra vez.

—Allá va —dije al tiempo que intentaba arrojar la pelota.

Este lanzamiento estuvo mucho mejor. La pelota llegó casi hasta la mesilla de Frank. Intenté varios tiros más hasta que el último llegó a su destino, con el regocijo de todos los presentes, que me dedicaron un largo aplauso. Con el paso del tiempo mis lanzamientos ganaron en puntería. Yo le tiraba la pelota a Frank y él me la devolvía. Algunas veces teníamos que pedir ayuda a las enfermeras para que nos recogieran la pelota del suelo.

10 *Mi primer examen físico*

JANE vino a verme un día en que estaba levantado y sentado en la silla de ruedas.

—¡Andy, qué bien te veo! —me dijo mientras se acercaba—. ¿Te gustaría darte una vueltecita por el hospital?

No pude saltar de gozo ante tan maravillosa idea, y antes de que pudiera contestar soltó los frenos de mi silla y la empujó fuera de la sala.

—¿Adónde vas? —me gritó Frank cuando pasamos por delante de su cama.

—Voy de excursión —le respondí.

Antes de salir de la sala me di cuenta de cosas que no había visto antes. A la derecha había una cocina y un amplio cuarto de baño con tres o cuatro lavabos. A la izquierda estaba el despacho de la señora Shilton. Todo esto era nuevo para mí, pues lo único que conocía de la sala era su blanco techo.

Fuera ya de la sala torcimos a la derecha y Jane siguió empujando mi silla por un largo corredor. Así me di cuenta de que la sala DOS y DOS X no eran las únicas en el hospital. También me enteré de que en este hospital no había sólo enfermos con el cuello roto. Las salas empezaban con la nomenclatura UNO X y se prolongaban hasta CUATRO y CUATRO X. Las dos últimas acogían solamente a mujeres. Enfrente de la sala CUATRO X estaban los departamentos de rehabilitación. Al entrar en uno de ellos vi a hombres y mujeres realizando sus ejercicios terapéuticos. Algunos, tumbados en grandes colchonetas, intentaban hacer rodar su cuerpo por ellas. Otros, que parecía que tenían piernas artificiales, hacían ejercicios en las paralelas. Otros levantaban pesas para fortalecer sus brazos. Jane me advirtió:

—Vendrás aquí dentro de dos días. Te colocaremos en una colchoneta y serás libre para hacer lo que quieras o puedas.

Yo seguía mirando atentamente todo, pero en concreto no me fijaba en nada; mejor dicho, me imaginaba intentando hacer todos los ejercicios al mismo tiempo para acelerar mi rehabilitación.

Jane giró en redondo mi silla y regresamos por el mismo corredor.

—No hay derecho, Jane; es un viaje muy corto —me atreví a decir al llegar a la puerta de la sala. Jane, en vez de regresar a nuestro mundo conocido, siguió hasta pasar la sala UNO X y allí torció a la derecha.

—¿Adónde vamos ahora? —pregunté.

—Mira, te voy a enseñar la piscina climatizada —me dijo; empujó mi silla de ruedas a través de una doble puerta y entramos en una gran sala donde un vapor denso nos envolvió.

—¡Qué calor hace aquí! —exclamé.

Jane me explicó que aquella piscina era como un baño turco.

De repente me acordé de que había entrado por primera vez en el hospital a través de esta sala. Jane giró en redondo y salimos de la piscina al corredor; allí giramos a la derecha, donde estaban situados la sala de rayos X y el quirófano, salas que yo ya había visitado frecuentemente a lo largo de los tres últimos meses.

Después pasamos por la recepción del hospital, la cafetería, donde las visitas se tomaban una taza de té, y llegamos al final del corredor, donde se encontraba otro departamento de fisioterapia.

—Normalmente vendrás aquí para tu trabajo de rehabilitación —me informó Jane.

—Y ¿por qué, Jane? —pregunté.

—Porque el otro gimnasio que está cerca de la sala sólo lo utilizan los que empiezan a levantarse de la cama, pero una vez que cogen fuerza, vienen a este gimnasio. Así, el viaje en sí mismo constituye una buena terapia.

«Pues tienes razón —pensé para mis adentros—; este corredor a lo mejor tiene unos trescientos metros.»

Jane me llevó a la sala más grande del hospital. Al fondo de ella había cuatro dianas para el tiro con arco; junto a nosotros, dos jóvenes bien pertrechados con arcos y flechas.

—Aquí es donde se celebran las competiciones de tiro con arco, ¿verdad?

En aquel momento, uno de los jóvenes tensó el arco y disparó al blanco.

«Me lo voy a pasar bomba practicando el tiro con arco», pensé para mis adentros, mientras Jane empujaba la silla por el corredor hacia el final de mi viaje. Me dejó junto a mi cama y se fue a atender a otros pacientes.

Ya conocía casi todo el hospital. Sólo me faltaban algunos lugares por visitar: el departamento de terapia ocupacional, la gran sala de visitas llamada Jimmy Savile, el centro de deportes y algunos lugares más. A pesar de ello, estaba muy satisfecho con mi primer viaje turístico.

Seguía ensimismado en mis propios pensamientos cuando Frank me preguntó a gritos:

—¿Qué tal el viajecito? ¿Te ha gustado nuestro hospital?

Intenté explicarle todo lo que había visto.

Me ocurría en momentos como éstos, cuando hablaba demasiado, que me sentía víctima del mareo. Seguramente mis pulmones no estaban recibiendo suficiente oxígeno, así que tuve que llamar a Lawrence para que inclinara hacia atrás mi silla y evitara mi posible desfallecimiento. Después de estar recostado un rato me sentía mejor, y como mi conversación con Frank se había interrumpido, pensé para mis adentros: «¿Por qué no intento mover la silla de ruedas por mí mismo?» Puse mis manos sobre las ruedas e intenté empujarlas. Lo intenté una y otra vez, pero, a pesar de todos mis esfuerzos, apenas moví la silla unos quince centímetros. Tras el esfuerzo tuve que respirar profundamente para evitar desmayarme. Me había estado imaginando a mí mismo de pie, apoyado en las paralelas la siguiente semana, pero todos mis sueños se desvanecían al chocar con la realidad.

Una vez en la cama, repasé en mi mente todo lo que había pasado en los dos últimos días. Aunque estaba satisfecho de haber dejado la cama, era consciente de la batalla que tenía frente a mí, pues apenas podía mover la silla de ruedas. ¿Tiraría todo por la borda o me comprometería a luchar por mi total rehabilitación? Estaba solo ante el peligro y decidido a jugármelo todo por mi curación. No cabía otra decisión. Si me hubiera arrugado o decidido a vegetar, pronto me habría apagado y probablemente muerto a consecuencia de las heridas u otras complicaciones.

El lunes vino Kate a Aylesbury a pasar una semana. Se acercó a visitarme después de la comida cuando ya estaba vestido y sentado en mi silla.

—Hola, Andy —me saludó, y se inclinó para besarme—. Es maravilloso verte vestido.

Hacía mucho tiempo que Kate no me había visto con mis viejos vaqueros. Nos sentamos cerca de mi cama y Kate me dijo que sus cuñados, los señores Causbrook, vendrían a recogerla al anochecer.

Todavía estábamos hablando cuando llegó Jane.

—¿Cómo te sientes? ¿Estás listo para bajar al gimnasio? —me preguntó.

—Mira, aquí está Kate; ha venido a pasar una semana conmigo.

—Estupendo; Kate puede acompañarnos, si quiere.

Salimos, Jane conduciendo la silla y Kate caminando a mi lado. Jane detuvo la silla de ruedas junto a un banco con una superficie acolchonada. Jane llamó a una fisioterapeuta.

—Bien, Andy, vamos a colocarte en este banco.

Jane me sostuvo por los hombros y Penny me aguantó por las piernas. Jane pidió a Kate que trajera el espejo que estaba junto a ella y lo pusiera frente al banco donde yo me sentaba. En el espejo pude ver a Jane de pie detrás de mí, pero en concreto, ¿quién era la otra persona que yo veía en el espejo? Por primera vez pude contemplarme y darme cuenta de lo mucho que había cambiado. Mi rostro estaba pálido y hundido. Mi pelo, antes ondulado y sano, ahora era largo y lacio. Mis brazos, que fueron tan fuertes, eran ahora piel y huesos. Realmente, ¿era yo mismo el personaje sentado y con un collarín en el cuello?

Oí que Jane decía:

—Bien, Andy, ahora te estoy sosteniendo, pero quiero que te mires en el espejo, y cuando te suelte, intenta permanecer sentado.

Tan pronto como Jane me soltó, me caí hacia atrás y me tuve que apoyar en ella.

—Bien, lo intentaremos otra vez —me dijo Jane con infinita paciencia. Pero esta vez me caí hacia la derecha—. Ahora mira los músculos de tu pecho y estómago y usa tus hombros y brazos para equilibrarte. Ahora pon los brazos en forma de cruz.

Repetí varias veces los ejercicios y al final pude sostenerme sentado durante unos segundos sin apoyarme en Jane.

—Muy bien, Andy, ya basta por hoy —me dijo Jane, y llamó a Penny para que la ayudara a colocarme en mi silla de ruedas.

Después Jane me llevó a la sala.

Cuando Jane se fue, Kate me alabó:

—Andy, te has portado como un campeón.

—No mientas, Kate. ¿Por qué no me dices la verdad? Soy un inútil —y al decir esto sentí en mi interior una terrible angustia.

—No digas eso, Andy, tú no puedes hacer las cosas a la primera, pero lo conseguirás, estoy segura.

Yo quería ocultar mi rostro entre mis manos y llorar, pero después del calvario que había sufrido en los tres últimos meses no me quedaban lágrimas.

Aunque me autorizaron a levantarme después de la comida, preferí quedarme en cama. Kate me acompañó durante todo el día hasta que llegaron sus cuñados para llevársela. Ahora me empezaba a dar cuenta de la fuerza moral de Kate. Había aceptado mi cambio físico y todas mis miserias. Una y otra vez había recogido mis rotas ilusiones y había vuelto a reconstruir mis sueños.

Los días siguientes fueron una repetición monótona de las mismas personas y de las mismas cosas.

Kate llegaba temprano por la mañana y se sentaba junto a mí. Yo me ejercitaba en sentarme en la cama. Después de la comida me colocaban en mi silla, donde me dejaban reposar tranquilamente. Jane venía y me llevaba al gimnasio, donde me ejercitaba en sentarme en las colchonetas sin ninguna ayuda. Esto que es tan fácil para cualquier mortal no lo era para mí. Tenía que concentrarme antes de realizar cualquier movimiento. Sin embargo, las cosas fueron mejorando con el paso del tiempo.

Lentamente lograba levantar las manos sobre la cabeza. También podía sostener los brazos extendidos a la altura de los hombros. Si movía los brazos demasiado deprisa, tenía el peligro de perder el equilibrio y caerme.

Después de mis sufrimientos en el gimnasio, Kate solía llevarme directamente a la sala, o me solía dar una vuelta por el hospital. Siempre pasábamos por la cafetería a comprar alguna cajetilla de cigarrillos o a tomar algo. Después regresábamos a mi cama y Kate me ayudaba a acostarme. Solía pasar el resto de la tarde junto a mí charlando o leyendo.

Era consciente de que sus vacaciones tenían que ser aburridísimas, igual que lo fueron para mis padres y para mi hermana Lou. De verdad que no tenía derecho a pedirles tantos sacrificios.

Aquella semana que me acompañó Kate pasó más rápidamente que todas las que había consumido en Stoke Mandeville, quizá porque ahora me podía levantar y sin duda por la constante presencia de Kate.

Mis padres ya me habían visitado durante la semana. Kate se tenía que ir al llegar el fin de semana. Su presencia me había ayudado muchísimo, pero tenía que regresar a su trabajo al día siguiente. Nos despedimos; ella me prometió llamarme durante la semana y venir a verme el próximo fin de semana.

Durante los fines de semana parece que la vida se paraba en el hospital. No había sesiones de rehabilitación, pues los terapeutas también tenían que gozar de sus días libres. Sólo quedaban aquellos que tenían que atender a los enfermos que no podían dejar el lecho.

El domingo después de las vacaciones de Kate, mientras estaba sentado en mi silla esperando a mis visitas, empecé a pensar en lo que estaría haciendo si estuviera en casa. Siempre me lo había pasado fenomenal los fines de semana. Los sábados era rarísimo que me levantara antes del mediodía. Me lavaba, vestía y desayunaba en un periquete y salía disparado al club La Grange a jugar al billar; a mediodía comía cualquier cosa, y cuando llegaba la hora de cierre del club, saltaba en mi moto y me dirigía al parque. Era el lugar en que me reunía con un par de chicas que siempre merodeaban por allí. Si Kate no hubiera estado trabajando los sábados, mi vida habría sido totalmente diferente. Además, estaba seguro de que ella también tenía sus ligues cuando todos los lunes se iba a la discoteca Corn Exchange; así que yo también tenía que tener mis aventuras. Solía pasar la tarde con estas chicas, ya que disfrutaba mucho con la compañía del sexo opuesto. Además, debía estar al loro por si acaso Kate y yo rompíamos por cualquier razón. Después de despedirme de las chicas me iba directamente a casa para cenar y cambiarme de ropa; más tarde me dirigía a casa de Kate.

En esta época que estoy evocando, nuestras relaciones eran un tanto ambiguas. Pienso que los dos queríamos salir del túnel del engaño, pero no sabíamos cómo. Hacia las diez de la noche me despedía de Kate y me iba, no a casa, sino a ver a otra novia que trabajaba cuidando niños los sábados por la noche. Aunque sabía que engañaba a Kate, no podía evitarlo, porque la chica que iba a visitar me era tan entrañable como Kate. Además, repito, estaba seguro de que Kate me engañaba los lunes por la noche y esto me ayudaba a tranquilizar mi conciencia.

Solía pasar dos horas con mi segunda novia y hacia la media noche llegaba a mi casa. Claro está que al día siguiente, que era domingo, nadie podía levantarme antes de las doce.

Todavía seguía recordando mis sábados aventureros cuando vi a varias visitas avanzar hacia mí. Hoy mi madre no venía. Mi padre estaba allí con Terry y dos niñas: mi hermana Lou y Jackie, la hija de Terry. Yo estaba sentado y con mi inseparable collarín al cuello.

—Hola, Andy, ¿cómo estás? —me preguntaron mi padre y Terry al unísono.

—¡Bastante bien, gracias a Dios! —contesté, e intenté sonreír al mismo tiempo.

—Es estupendo dejar la cama un rato, ¿verdad? —preguntó Terry.

—Sí, debe de serlo —repliqué—, pero siento mareos de vez en cuando, y realmente odio tener que llevar este collarín que me produce claustrofobia.

—¿Qué os parece si nos vamos a la sala de Jimmy Savile? —propuso mi padre—. Hemos comprado todo lo necesario para hacernos una buena taza de té. Así no necesitamos bajar a la cafetería.

Debo confesar que no me gustaba la idea, pero mi padre ya estaba preguntando a una enfermera si me podían sacar de la sala. Vi a la enfermera mover la cabeza afirmativamente y nos pusimos en marcha. Mi padre y Terry empujaban mi silla, mientras que las dos niñas caminaban a ambos lados.

En vez de llevarme por los pasillos y corredores, mi padre me sacó por las puertas acristaladas de la sala. Era un día caluroso de agosto, y al bajar una cuestecita fuera del hospital los rayos del sol acariciaron mi paliducho rostro. Al contemplar los jardines, recordé que la semana pasada había visitado este mismo sitio.

Siguieron empujando mi silla de ruedas por un estrecho sendero donde se alineaban otras salas que durante la segunda guerra mundial fueron barracones militares. Llegamos a un nuevo edificio de ladrillo con una terraza de cemento llena de jardineras. Entramos en la sala de visitas; era un lugar muy elegante: estaba enmoquetado y tenía mesas y butacas muy cómodas.

Mi padre situó mi silla cerca de una mesa y se fue a prepararnos un té. Mientras tanto me entretuve charlando con Lou y Jackie. Al rato me sentí muy incómodo: el collarín me oprimía de tal forma que me costaba respirar. Mi padre y Terry regresaron trayendo el té en una bandeja.

—Papá, ¿puedes aflojarme el collarín? Me oprime tanto que me cuesta respirar.

—No sé si yo debería tocarte el collarín —replicó mi padre.

—Por favor, no pasará nada —le insistí—. Ya llevo levantado dos semanas.

Dirigí la operación de aflojarme las correas del collarín. No puedo explicar lo descansado que quedé al dejar mi nuez libre. Al tiempo que Terry me servía el té, me di cuenta de que tenía un reto ante mí. Había llegado la hora de beber el té por mí mismo sin ayuda de nadie, y tenía que hacerlo ante gente que ni conocía ni me conocía. Seguro que todas las personas de la sala eran visitantes que alguna vez tuvieron que dar de beber a un enfermo. Esto no me impidió sentir que todos los ojos se clavaban en mí mientras sorbía el té con mi paja.

Al terminar nuestro té volvimos a la sala, donde nos sentamos cerca de mi cama y charlamos hasta que llegó la hora de acostarme. Ya me permitían estar sentado en la silla de ruedas durante largos períodos. Era casi la hora de la cena cuando me desvistieron y me acostaron. Mi padre, Terry y las niñas estuvieron conmigo hasta el final de la cena; entonces se fueron a casa.

Aunque eran ya las siete de la tarde, el día seguía caluroso y húmedo. Así que dejaron abiertas las ventanas detrás de mi cama y cubrieron mi cuerpo sólo con una sábana.

La televisión estaba funcionando a tope y algunos enfermos todavía seguían charlando con sus visitas.

Aunque los sonidos de sus voces llenaban la enfermería, para mí eran voces lejanas, pues mi mente estaba pensando en otras cosas: planificaba mi futuro soñando siempre con mi curación final.

11 *Cuidando de mí mismo*

EL lunes empezó una nueva semana. Todavía recibía visitas asiduas durante la semana, pero frecuentemente tenían que esperar a que terminase los ejercicios de recuperación. Mis padres llegaban a menudo cuando yo estaba en el gimnasio. Mi madre rara vez bajó a verme allí. No quería ser testigo del esfuerzo tan agotador que tenía que hacer para aprender las cosas más fáciles. Había progresado mucho desde el día que me sentaron enfrente de aquel espejo. Ahora ya hacía mis ejercicios en la gran colchoneta. Allí me tumbaba de espaldas y Jane me doblaba las piernas hasta que mis rodillas tocaban mi pecho y después las bajaba otra vez a la colchoneta. Después me daba la vuelta y descansaba sobre el estómago. Jane me doblaba las piernas hasta que mis talones tocaban mis posaderas. Se producía el natural crujido de mis huesos al ser forzados en diferentes posiciones. A continuación me sentaba y Jane, de rodillas, se situaba detrás de mí y me forzaba a tocarme los pies con las manos. Al apoyarse sobre mí para obligarme a flexionar la cintura solía oír el crujido de mis vértebras. Después de este esfuerzo me permitía tumbarme de espaldas durante algunos minutos antes de intentar apoyarme sobre un costado, después sobre un codo y, finalmente, lograr sentarme sobre la colchoneta. Cuando estaba echado, me resultaba imposible incorporarme directamente. Generalmente todos estos ejercicios duraban algo más de una hora. Mi gran dificultad era vencer el mareo que me venía al pasar de una postura yacente a una vertical. Ésa iba a ser mi terapia de momento, y debo confesar que al final de cada sesión me quedaba totalmente exhausto.

Con el paso del tiempo fui haciendo mejor todos los ejercicios que se me pedían. Entonces, una vez que terminaba los ejercicios en la colchoneta, pasaba a realizar otros en los aparatos. Colocaban mi silla entre dos cuerdas rematadas por dos anillas que pendían del techo, introducía las manos en las anillas y tenía que elevar dos pesas que pendían de los extremos de las cuerdas. Tiraba de las cuerdas tantas veces como podía y cada día intentaba superarme. Gracias a ese aparato que llamaban las poleas mis brazos se estaban fortaleciendo muchísimo. Un día que había hecho este ejercicio muy bien, mientras Jane me llevaba a la enfermería, me dijo de repente:

—Bien; creo que desde aquí hasta la sala puedes ir tú solo.

Estábamos a mitad del camino y me sentía agotado.

—¿Por qué no empujas mi silla?

—Hazlo tú —insistió ella—; puedes conseguirlo.

Empecé a empujar las ruedas. Aunque mi silla se movía lentamente, iba avanzando por el corredor. Algunas veces me detenía porque los brazos me pesaban toneladas. Por fin llegué hasta la sala UNO X, sólo me faltaban ocho metros para la meta, pero aquellos ocho metros me parecían ochenta.

Al entrar en la enfermería, Nicky debió de observar que estaba totalmente exhausto y me ayudó a aproximarme a las mesas. Había llegado a tiempo para el té de la tarde, lo que me produjo una gran alegría.

Ya estaba terminando el té cuando una de las fisioterapeutas vino hacia mí.

—Hola, Andy. ¿Tienes algo que hacer ahora? Porque si no te importa, quisiera llevarte al departamento de Terapia Ocupacional.

Sue —que así se llamaba mi nueva conductora— era muy joven, tendría unos veinte años; como yo nunca dejaba pasar la oportunidad de estar con una chica, le dije:

—Vale, mientras no me hagas trabajar... Vengo de recuperación y estoy agotado.

La chica soltó los frenos de mi silla y me empujó fuera de la sala. Torcimos hacia la derecha para enfilar el largo corredor; antes de llegar al gimnasio torcimos a la izquierda enfilamos otro corredor que desembocaba en el departamento de Terapia Ocupacional.

Sue corrió las puertas y me metió en el interior del departamento, donde había algunas mesas. Algunas personas, sentadas en sus sillas de ruedas, estaban alrededor de las mesas haciendo diferentes cosas. Dos o tres hacían cestitos de mimbre, y dos mujeres se entretenían tricotando. Una chica estaba intentando coger la pluma para escribir una carta. Otro se esforzaba en aprender a manejar un cuchillo, un tenedor...

—La mayoría de la gente que necesita venir aquí lo hace por la mañana y deja libres las tardes para su fisioterapia —me explicó Sue.

Giró mi silla en redondo y la empujó a lo largo de un pequeño corredor. Al pasar por diferentes salas me las fue explicando. Aquí estaba el cuarto de baño donde tendría que aprender a peinarme, lavarme los dientes, la cara, las manos... Era algo que yo estaba deseando hacer lo antes posible. Había otra sala donde podría aprender a meterme y salir del baño, otra con máquinas de escribir donde podría aprender a escribir a máquina.

A continuación visitamos otra sala que por los instrumentos y por el serrín amontonado que había por doquier debía de ser una carpintería. Por fin llegamos a otra con varios biombos. Sue pasó entre los biombos, detrás de los cuales había cuatro camas. Aquí podría aprender a vestirme.

Así había terminado mi visita al departamento de Terapia Ocupacional. No había mucho que ver, pero supe dónde iba a pasar mi tiempo en el futuro. Sue me condujo a la enfermería y me dejó junto a mi cama. Mientras llegaron los enfermeros para acostarme, me dio por pensar en los duros tiempos que se me avecinaban.

Aunque el jaleo de la sala empezaba con las primeras horas de la mañana, para cuando me habían lavado, vestido, sentado en la cama y puesto en mi silla de ruedas, se me había ido casi toda la mañana. Me di cuenta de que esto no era culpa de las enfermeras, sino mía. Así que decidí hacer las cosas de mi competencia más rápidamente.

Al día siguiente traté de sobreponerme a mis mareos y así conseguí estar listo para las diez de la mañana, lo cual suponía un gran ahorro de tiempo. Ahora que conseguía levantarme antes, mis sesiones de terapia serían a hora más temprana y un poco más largas.

Estaba en la lista para ir a la piscina dos veces por semana, y aquella mañana iba a ser la de mi estreno. Los otros pacientes ya se habían ido a recibir sus cuidados terapéuticos para cuando salí de una pequeña habitación donde me habían puesto un bañador.

Lawrence me cubrió con una manta, tanto para ocultar mis feas irritaciones como para mantener mi cuerpo caliente. Franqueamos la última puerta que nos conducía directamente a la piscina y sentí que una nube densa de vapor golpeaba mi rostro. Lawrence me acercó al borde de la piscina y llamó a una mujer mayor que estaba al otro lado.

—Le he traído a Andy Tricker. Hoy viene por primera vez.

—Muy bien, Lawrence —contestó la señora.

Sentado en mi silla observé cómo la señora y su ayudante colocaban la silla de un paciente junto a un extraño ascensor. Los dos al mismo tiempo levantaron al paciente de su silla y lo depositaron en una plataforma. Entonces, con una manivela, levantaron la plataforma, la situaron sobre la piscina, la dejaron bajar medio metro y el paciente cayó en brazos de un fisioterapeuta que estaba dentro de la piscina.

Llegó mi turno y fui sometido a la misma operación, sólo que esta vez la plataforma se hundió en la piscina accionada por una manivela. Me di cuenta de lo caliente que estaba el agua cuando ésta me llegó al pecho. Tuve la suerte de encontrarme con mi propia fisioterapeuta, Jane, que me dijo pusiera mis brazos alrededor de su cuello. Entonces, ella me sujetó y me llevó por el agua hasta un escalón que estaba sumergido. Jane se mantenía de pie, a mi lado.

—Bien, Andy, ¿qué te parece todo esto? —me preguntó.

—Estupendo, Jane. Estoy encantado de poderme bañar de nuevo y contigo a mi lado —le contesté.

Entonces empezó a frotar mis extremidades. Primero doblando y estirando mis piernas, después mis brazos, manos, dedos... Jane me dejó sentado en el escalón un largo rato antes de colocarme en el ascensor.

Aunque el baño había durado solamente un cuarto de hora, la temperatura del agua y el ejercicio me habían agotado. Las dos señoras me colocaron en mi silla, me secaron, me envolvieron en una sábana y me enviaron a la sala. Tan pronto como llegué a mi cama, Lawrence y Nick me vistieron. Después de vestirme no me sentaron en la silla; me dejaron en la cama para que descansara.

Estaba muy cansado, pero también muy contento de haber estado en la piscina y deseando volver.

Ya no sólo iba a la piscina dos mañanas por semana. Pasaba otras tres por el departamento de Terapia Ocupacional.

Alguien venía a llevarme y traerme a los departamentos. En el de

Terapia Ocupacional empecé a hacer cosas fáciles: sostener una pluma, un cuchillo, un tenedor... Cosas tan sencillas para el común de los mortales, me resultaban dificilísimas al haber perdido la fuerza y la habilidad de agarrar objetos e instrumentos. Cuando sostenía una pluma, no tenía fuerza para escribir, así que mi escritura era ininteligible. Sue me aconsejó que utilizara un rotulador. Así lo hice y comprobé que mi escritura se fue haciendo aceptable.

Mi pulso era tembloroso, así que cuando escribía, mi escritura parecía subir y bajar por una montaña. Con la práctica las cosas empezaron a mejorar. Algunas veces, cuando escribía, me acordaba de mi profesora de Lengua que me decía:

—Andrew, parece que se ha paseado una araña por esta página. Es un trabajo de chinos descifrar lo que has escrito. Bueno, ¿qué hubiera dicho al ver cómo escribía ahora?

Después abordé un nuevo juego: sostener el cuchillo y el tenedor. No quería depender de mis correas para sujetarlos en mis manos. Prefería atarlos directamente a mis dedos para así tener el suficiente control para pinchar los alimentos troceados. Practicaba con trozos de plátano y de pera, para de esta forma no estropear mucha comida. Después venía el cuchillo. Aquí la dificultad se acrecentaba; así que decidí sostener el cuchillo entre ambas manos y cortar de una vez todos los alimentos. Creo que me explico bastante bien. De todas formas, después de algún tiempo conseguí que la comida no se me cayera del plato, y logré pinchar el trozo de alimento y luego llevármelo a la boca. Todo este proceso me llevó tiempo y mucha paciencia. Hubo momentos de frustración en que estuve a punto de tirar la comida al suelo, pero debo confesar con orgullo que nunca cometí tal acto de desesperación.

Una vez que superé estas dificultades pasé al cuarto de baño. El lavabo estaba diseñado de forma que podía acercarme a él fácilmente con mi silla. Allí tenía que lavarme y asearme. La primera operación era llenar el lavabo de agua, lo que se me daba bastante bien. Después tenía que humedecer y enjabonar la esponja. Luego venía el problema de sostenerla, al no poder controlar mis dedos. Aprendí a no enjabonar demasiado la esponja y a no dejarla caer dentro del lavabo. Si se me caía dentro, tardaba mucho tiempo en sacarla. Para escurrirla tenía que ponerla entre mis manos, de una forma parecida a como aprendí a controlar el cuchillo. También utilizaba esta técnica para el cepillo de dientes, pero antes de cepillarme los dientes tenía que desenroscar el tapón del tubo y después volver a ponerlo. Utilizaba mis dientes lo mismo que para quitar el capuchón de mis bolígrafos.

Después aprendí a peinarme. Tuve que usar cepillo en vez de peine porque me era más fácil sostener el mango. Debo decir con orgullo que con el tiempo alcancé metas que al principio me parecían imposibles. Como decía mi madre siempre: «Con esfuerzo y esperanza, todo se alcanza».

Después de mis sesiones diarias de piscina y Terapia Ocupacional volvía a la sala para comer. La comida se servía entre las doce y la una.

Después de comer me tocaba ir al departamento de Fisioterapia para seguir practicando los ejercicios que tenía programados. Prefería los ejercicios de terapia a los ocupacionales. Creía que mi total rehabilitación dependía de la voluntad y el esfuerzo que empleara en realizar estos ejercicios.

Comenzaba con los ejercicios en la colchoneta y terminaba en las poleas. Jane me llevaba medio camino y luego dejaba que fuera yo el motor de mi silla de ruedas. A las tres llegaba de vuelta a la sala, a la hora de la merienda.

Nos solían dar té, pan, mermelada y *sandwiches.* A las seis nos servían la cena. Después no solíamos tener más actividades y permanecíamos normalmente en la sala. A menudo tenía visitas que se veían obligados a esperar o venir al gimnasio a buscarme, y cuando terminaba, me traían a la sala. Así pasaba el resto de la tarde con ellos. Durante la semana venía bastante gente a verme, entre ellos Bob y George, mis amigos de siempre; Ken y Collinson, compañeros de taller y, naturalmente, mis padres, Kate, mis hermanas y sus maridos, mi hermano y su mujer. También venían mis queridos amigos Chris y Terry y sus hijos Jackie y Darren.

En cuanto mis visitas se iban, me acostaba inmediatamente, pues me sentía muy cansado del trajín del día. Y en cuanto sentía la suavidad de las sábanas, ya estaba viajando por la tierra de los sueños.

No sólo yo había mejorado físicamente, sino también todos los compañeros que habían ingresado conmigo en el hospital. Frank,

Keith, los dos Peters e incluso Les, un hombre ya mayor, se movían con facilidad en sus sillas de ruedas.

Pero, a pesar de estos progresos físicos, todos arrastrábamos problemas sentimentales con novias, con esposas o con la familia. Cuando tu novia te llamaba y te decía que se iba a una discoteca, una emoción sorda te embargaba, y los celos te hacían imaginarte toda clase de cosas, como que te iba a dejar porque se había encontrado con otro, que saldría con él e iría a su casa... Otros pacientes estaban preocupados porque su mujer e hijos no venían a visitarlos, y sobre este hecho triste construían castillos de infidelidades.

La falta de intimidad era otra razón para el desaliento. La vida en común se hacía cada vez más difícil. Eso y el poco progreso en tu rehabilitación era suficiente para considerarte totalmente inútil.

Si te explayabas en son de queja con tus visitas, incluso con los más queridos, la respuesta era siempre igual: «Bien, querido, eso no importa» o «No te preocupes, lo conseguirás». Sólo eran palabras para animar, pero a veces veías a tus amigos a punto de perder la paciencia al ver lo poco que progresabas en tu rehabilitación.

Era entonces cuando las voces subían de tono y las lágrimas dominaban la escena. Eso me sucedía a mí también.

12 *Otra vez de pie*

AGOSTO terminaba y ya empezaba a vivir mi cuarto mes en el hospital. Aunque llevaba tres meses aquí, entre semana los días ya no se me hacían tan largos como al principio. Desgraciadamente no podía decir lo mismo de los fines de semana. Eran los días en que tenía más visitas, lo cual me dejaba menos tiempo para dedicar a mi rehabilitación. Llegué a pensar, en mis deseos de progresar, que los fines de semana eran una pérdida de tiempo. Aunque, pensándolo más despacio, comprendía la necesidad que tenía el personal del hospital de un merecido descanso. Nosotros los teníamos agobiados, no sólo con nuestros problemas físicos, sino también con los emocionales. Pasábamos la mayor parte del día con nuestros terapeutas y estaba seguro de que todos les confiábamos nuestros temores, inquietudes, incluso nuestras desesperaciones.

Las visitas seguían viniendo regularmente y no pienso que haya ninguna visión que pueda reemplazar a los que amas y a los que consideras amigos. Lo peor de las visitas era la hora de la despedida. Como era capaz de manejar un poco mi silla de ruedas, me acercaba a la ventana para poder ver cómo se montaban en el coche y abandonaban el hospital. Antes de que atravesaran la gran entrada del hospital solía saludarlos y ellos respondían agitando sus brazos.

Acababa de cumplir diecisiete años y necesitaba toda mi fortaleza moral para contener las lágrimas que se asomaban a mis ojos. No debía llorar porque al girar mi silla iba a enfrentarme a mis compañeros y no quería que se enteraran de la tormenta que se agitaba en mi corazón. Tenía que morderme la lengua, girar mi silla, pasar junto a la mesa en la que ellos charlaban y salir al corredor. Allí aparcaba la silla contra la pared. El corredor estaba casi a oscuras y esto me ayudaba a desahogarme con profundos gemidos. Pero pronto reaccionaba, cambiaba mis pensamientos como se cambia un disco, y me reprendía a mí mismo diciéndome: «No seas tan trágico. Mantén tu fe viva y confía en que pronto estarás andando por el estacionamiento, subiéndote en un coche y volviendo a casa». Después de este enfrentamiento personal conmigo mismo, volvía a la enfermería a alternar con mis compañeros y a jugar a las cartas.

Para mediados de agosto mi fortaleza se había triplicado. Ya podía mover mi silla hasta el gimnasio y volver. Los corredores estaban llenos de sillas de ruedas: sillas que iban en todas las direcciones. Algunos, como yo, nos movíamos despacio. Otros pasaban como exhalaciones y era divertido ver a los visitantes saltar a un lado o a otro para evitar ser atropellados.

Yo terminaba mi sesión de terapia a las dos y regresaba inmediatamente a la sala. El recorrido era lento, pues me tenía que detener varias veces a recobrar el aliento. El primer corredor que tenía que atravesar medía unos trescientos metros, así que cada sesenta tenía que hacer una parada obligada para normalizar mi respiración.

Un día me di cuenta de que uno de los pacientes de Jane iba unos metros delante de mí, y decidí adelantarle aunque me desmayara en la empresa. Al llegar a la entrada del hospital mi contrincante me llevaba unos ocho metros de ventaja, pero en el *hall* tuve que empujar la silla por encima de una gruesa alfombra y este esfuerzo redoblado me agotó; pero no desistí de mi empeño. Empecé a ganar metros y al final del corredor su ventaja era mínima. Los dos nos habíamos parado para recobrar el aliento; aunque no podría afirmarlo, casi estoy seguro de que mi contrincante sabía que estábamos compitiendo. Mis brazos me dolían desde las muñecas hasta los hombros, pero supe sobreponerme al cansancio y al dolor. Sabía que si quería vencerle tendría que aguantar mi fatiga respiratoria y pasarle cuando él se parara a respirar. Así lo hice, y cuando le adelanté le dije:

—¡Hola! —y seguí como si nada hubiera pasado entre nosotros.

Continué empujando mi silla hasta que le aventajé en un par de metros; entonces me paré y respiré a gusto. Durante mi breve descanso pensé: «Bien, si él me hubiera pasado al final, creo que no habría tenido coraje para pasarle otra vez». Pero, gracias a Dios, le faltaron las ganas de competir. Fue como si se hubiera rendido. Seguí todavía unos metros y entré en la sala muy satisfecho conmigo mismo.

Estaba encantado de mi espíritu de competitividad, aunque después me di cuenta de que lo que para mí había sido una inyección de moral, para mi compañero podía haber sido motivo de desánimo.

Otro día, cuando terminé una dura sesión de ejercicios en el gimnasio y me disponía a regresar a la sala, sentí que alguien movía mi silla de ruedas. Me di la vuelta y vi a Jane.

—¿A qué se debe tanta amabilidad? —le pregunté.

—Ya lo verás, ya lo verás —me contestó al tiempo que empujaba mi silla por el corredor, pero no en dirección a la sala, sino hacia el gran salón donde se practicaba el tiro con arco.

—Hola, Peter. Éste es Andy. Viene aquí por primera vez —le explicó Jane.

—Hola, Andy —me saludó un hombre mayor, con pelo blanco, que vestía pantalón y chaqueta blancas como si fuera un jugador de criquet.

—Hola —contesté.

El hombre forzó mis brazos para conocer mi fortaleza.

—Muy bien, intentaremos hacer blanco con este arco —me dijo—, pero antes tendré que ponerte un vendaje.

Empezó, ayudándose de unos vendajes, a ponerme unas tablillas en el brazo izquierdo a la altura del codo; así podía mantenerlo estirado; después abrochó un dispositivo a mi mano derecha, con un gancho que sobresalía de mi dedo índice. El gancho se podía introducir en la cuerda del arco: así podía tirar la cuerda hacia atrás. Siguió vendándome la mano hasta que quedaron todos los dedos ocultos. Después vendó el arco a mi mano izquierda y con un último vendaje me amarró a la silla para que no me cayera.

Me colocó en fila con los otros arqueros y me invitó a disparar al blanco que se encontraba a unos cuarenta metros.

—Muy bien, ahora preparas el arco y estiras el brazo izquierdo para que el arco esté en línea con el blanco. ¡Perfecto! Sujeta el gancho de tu mano derecha a la cuerda del arco y tira hacia atrás. Muy bien; ahora tuerce la muñeca hacia afuera y ¡dispara! —la flecha salió disparada del arco y golpeó las cortinas del final del salón.

—Bien, no diste en el blanco —me dijo Peter— porque es muy raro que un principiante lo haga. Intentemos otra vez.

Me colocó otra flecha en el arco, y después de indicarme mis primeros errores, volví a disparar y esta vez di a la diana, pero en el lugar más alejado del centro.

—Muy bien —me dijo Peter, y colocó otra flecha en mi arco.

Una vez agotadas mis seis flechas, Peter y sus ayudantes las retiraron cantando dónde habían dado: en blanco, en azul, rojo, amarillo, o como a ellos les gustaba decir, «en oro», donde yo, evidentemente, no había logrado clavar ninguna flecha.

Peter volvió con todas las flechas y nos las repartió a los arqueros; volvimos a disparar al blanco. Primero colocaba una flecha en mi arco y a continuación otra en el arco de mi compañero, y así sucesivamente. Pasé casi una hora practicando el tiro con arco y con el tiempo mejoré muchísimo, hasta el punto de lograr «dos oros»: dos tiros en el centro de la diana.

Terminado el entrenamiento, Peter me quitó las vendas y se cercioró de que la circulación de mis manos no había sido afectada.

—Has estado muy bien para ser tu primera vez —me dijo Peter—. ¿Vas a venir mañana?

—Sí, me encantaría —le contesté.

Peter me hizo un gesto afirmativo como si dijera: «hasta mañana», y sin más empujé mi silla hacia la sala. Por el camino noté que me dolían los brazos: con la excitación del juego no me había dado cuenta de todo el esfuerzo que había realizado. El tiro con arco no sólo me serviría de entretenimiento, sino que además iba a fortalecer mis músculos.

Regresé a la sala exactamente a la hora del té. Me sentía sediento y hambriento después de todo el esfuerzo en el gimnasio y en la sala de tiro con arco. Kenny, el chico que se lesionó con el camión del ejército, había dejado Stoke Mandeville y le habían ingresado en un hospital más cercano a su ciudad, Newcastle. Otros también se habían ido. Eran los que se movían en sillas de ruedas cuando yo todavía estaba en la cama. Podías adivinar tu definitiva salida del hospital si te permitían ir a tu casa los fines de semana. Eso era para que nos fuéramos entrenando y ambientando, y para que nuestras familias se fueran familiarizando con la nueva situación.

En cuanto un paciente dejaba el hospital, inmediatamente venía otro paciente a ocupar su lugar. Podían ser jóvenes, ricos, pobres o ancianos, pero lo común de todos era que habían sufrido un serio accidente. Ésta era la única y triste razón de estar ingresados en Stoke Mandeville.

Allí estaba Mac, a quien solamente podría describir como un ferviente cristiano; Tommy, que había estado sirviendo como alto oficial de la Marina, y Dave, que era mecánico. Ernie era una persona mayor que pedía ayuda día y noche, de oficio albañil, y que se había caído de un andamio. En su caída no sólo se había roto el cuello, sino que sufría una fuerte conmoción cerebral. Había momentos en que juraba que alguien quería tirarle de la cama. Aunque, evidentemente, era falso, no podíamos convencerle de que lo que creía no era verdad.

Les era ya mayor y llevaba en la sala tanto tiempo como yo, pero estaba mucho peor. Les regresaba a casa de jugar a los bolos cuando, al atravesar un paso de cebra, fue arrollado por una moto que le seccionó la médula. Pero en vez de perder el uso de las piernas, el accidente le había afectado a los brazos: lo contrario de lo que a mí me había ocurrido. Él también estaba en una silla de ruedas, pero aunque podía manejar la silla con los pies, era incapaz de servirse de los brazos ni para comer. No sé lo que habría preferido yo: mover mis piernas con la posibilidad de poder andar, pero no de vestirme, lavarme y comer por mí mismo, o como estaba, capaz de hacer algún día cualquier cosa por mí mismo menos lo que más deseaba en mi vida: andar. Ése era el dilema y yo me inclinaba por la solución de poder hacer todo por mí mismo, lo cual llegaría a convertirse en realidad si lograba recuperarme totalmente.

Aunque compartíamos la sala, la amistad no era idéntica entre todos. Yo me hice más amigo de Frank y de Keith. Ahora que ellos se movían en sillas de ruedas se sentían optimistas al ver que iban recobrando su antigua fortaleza. Mis amigos se hicieron los dueños de la sala. Moviéndose de un sitio para otro, y haciendo un poco de teatro, intentaban ahuyentar el aburrimiento de nuestras tardes. Eran los días en que dije a mis padres que podía aguantar sin visitas durante una semana. Esto me permitiría realizar los ejercicios de recuperación con total entrega y sin interrupciones.

Al principio me fue duro no ver a nadie de mi familia; así que deseaba que llegara pronto el fin de semana. Creo que los apreciaba más después de no haberlos visto durante una semana. Aunque yo pensaba que nadie vendría durante la semana, siempre gozaba de la sorpresa de encontrarme con algún amigo al regreso de mis sesiones de recuperación: algunas veces Chris, otras Tony, Terry y también mis compañeros de infancia, Ossie y Whip.

Sentado en la silla, solía dejar libres mis recuerdos del pasado. Me acordaba de cómo estaba harto de hacer todos los días las mismas cosas. Ahora me daba cuenta de que, hiciera lo que hiciera, todo se convertía en rutina. Aunque no podíamos cambiar nuestras vidas, sí muchas cosas que nos desagradaban. Desde que había ingresado en el hospital las comidas habían sido las mismas. El único cambio era que la comida del miércoles pasaba a ser la cena del viernes; y la cena del jueves, la comida del lunes, y así sucesivamente.

En diferentes ocasiones intentamos cambiar nuestra dieta habitual y telefoneábamos a un restaurante chino; después, llamábamos a un taxi para que nos recogiera la comida y la trajera a la sala.

Ésta era una de las ideas de Frank, y la pusimos en práctica con gran éxito.

Otra manera de variar nuestra dieta era pedir a las chicas que nos visitaban los miércoles que pasaran por el puesto de pescaditos y patatas fritas y nos trajeran una buena ración de cada uno. Nos hacían ese favor todos los miércoles, así que podíamos descansar de macarrones con queso, de tostadas de queso y del puré de patatas.

Los ejercicios de terapia practicados sin interrupción durante una semana me ayudaban muchísimo. Mi resistencia en los ejercicios de natación iba en aumento. Ya podía nadar de espaldas usando solamente los brazos; para conseguirlo, colocaba los brazos un poco separados de los costados y empujaba el agua hacia abajo y hacia mis pies. También intentaba nadar sobre el estómago, pero eso era mucho más difícil debido a mis inspiraciones demasiado cortas. Cuando no podía respirar, tenía que levantar un brazo y pedir ayuda al fisioterapeuta que me acompañaba. Si hubiera pensado que nadie estaba pendiente de mí, me habría invadido el miedo a ahogarme. Mi brazo levantado también significaba que deseaba darme la vuelta.

Durante las semanas que estuve en la piscina pienso que casi desequilibré el presupuesto del ayuntamiento por la cantidad de agua que tragué.

De todos modos, mi natación mejoraba y también mi tiro con

arco. Había progresado tanto en el tiro con arco que Peter me invitó a ir a última hora de la tarde cuando sólo había dos o tres pacientes parapléjicos a quienes no hacía falta vendarles los brazos como a mí. Siempre me habían gustado los deportes, y el tiro con arco me permitía de alguna forma volver al campo de la competición.

Stoke Mandeville era conocido en todo el mundo como un centro de rehabilitación de primera clase para pacientes con lesiones de columna. No había día que no llegara algún grupo de estudiantes de medicina de Inglaterra o del extranjero a visitar sus departamentos.

Era más debido al interés de Peter que a la propia suerte de los visitantes que yo me encontrara en la sala de tiro con arco cuando los estudiantes llegaban. Estando yo allí, Peter tenía la oportunidad de mostrar a los estudiantes la diferencia entre los parapléjicos —aquellos que se habían seccionado la médula a la altura de la espalda— y los tetrapléjicos —los que, como yo, se habían seccionado la médula a la altura del cuello—, viéndonos en plena competición.

Peter daba una corta charla a todos los grupos que venían a vernos, y cuando dejé el hospital me sabía todas sus explicaciones de memoria.

Finalizaba septiembre, el verano estaba acabando. Todavía llevaba camiseta, una prenda que, aunque fácil de vestir, tenían que ponérmela. Me podía poner los pantalones siempre que alguien me introdujera las piernas en ellos. Ponerme los calcetines y los zapatos era todavía una misión imposible. Así que las mañanas que no estaba en la piscina me las pasaba en el departamento de Terapia Ocupacional, donde me entrenaban a vestirme y desvestirme varias veces. Con el paso del tiempo fui mejorando, y ya por las mañanas podía vestirme casi solo. Desgraciadamente todavía tenían que lavarme la parte inferior del cuerpo. Un día Lawrence me sugirió que si me sentaba en la cama y él me traía un cubo de agua, podría lavarme yo mismo y también ponerme los pantalones. Lavarme la cara, los dientes y peinarme se habían convertido para mí en pura rutina. Así empecé a hacer las cosas y estaba contento de haberme habituado a levantarme temprano, porque lavarme y vestirme me costaba mucho tiempo.

Ya había superado el trauma de no poder comer por mí mismo; ahora, y después de muchas dificultades, casi había conseguido vestirme yo solo. La única dificultad en hacerlo era que me costaba una eternidad y nunca podía abandonar la sala antes de la diez de la mañana, hora en que me iba al departamento de Terapia Ocupacional. Allí estaba aprendiendo a escribir a máquina con dos dedos, con los índices. Esto se me daba muy bien y llegué a escribir cartas. Me gustaba escribir porque era el único medio de enviar una carta a Kate y decirle que no podía comunicarme con ella por teléfono porque la enfermería siempre estaba llena de gente. Usar la máquina era buena terapia para mis dedos, aunque solamente los índices se beneficiaban.

Otra cosa que podía hacer era lavarme el pelo usando un dispositivo que, conectado con el grifo del lavabo, se convertía en una ducha diminuta. Cuando me lavaba el pelo debía evitar derramar champú sobre el mismo frasco, ya que entonces se me resbalaba de las manos y no podía usarlo. También tenía que controlar la cantidad de agua que salía de la ducha; si no lo lograba, no sólo me lavaba el pelo, sino también la espalda, el estómago, los pantalones y hasta las personas que estuvieran cerca de mí.

Pero fui mejorando poco a poco y así conseguí algo que desesperadamente quería hacer desde los primeros días de mi accidente.

Los ejercicios de terapia y natación me llevaban toda la mañana, pero merecían la pena porque el progreso era evidente. Lo mismo pasaba por las tardes en los ejercicios de fisioterapia.

Era gracioso vernos, después de la comida, salir disparados en nuestras sillas de ruedas hacia los diferentes departamentos; parecíamos empleados de una compañía de mensajeros.

Yo tenía que pasar por delante de la cafetería camino de mi departamento. Una vez en él, empezaba a ensayar mis ejercicios en la colchoneta; después me sentaba en la silla de ruedas y me entrenaba en bajarme y subirme a la silla. Realizaba así el ejercicio: primero me acercaba a la cama, a un banco o a cualquier lugar donde tenía que ponerme. A continuación cogía la pierna más cercana a la cama por detrás de la rodilla, la levantaba y la apoyaba en la cama, y repetía la misma operación con la otra pierna; después era cuestión de ir moviendo mi cuerpo hacia el borde de la silla, poniendo una mano sobre la cama y la otra en la silla; entonces levantaba el cuerpo y lo dejaba caer sobre la cama. Sorprendería la fortaleza que necesitas para realizar este ejercicio. No es algo que ensayes una vez y lo aprendes para siempre. Tienes que repetirlo continuamente para adquirir confianza y eliminar el miedo a caerte de la silla hacia adelante, o al suelo, o a quedarte hecho un lío entre la silla y la cama.

Me esforzaba en lograr todo lo que Jane me pedía. Tenía total confianza en ella y sabía que nunca me pediría hacer algo imposible.

Todas esas cosas las realizaba en mis sesiones de terapia: tenía que rodar por la colchoneta, cambiar de aparatos, ejercitarme con las poleas. Todo eso me ayudaba a solucionar los problemas de todos los días, así que ponía en ello todo mi interés y voluntad.

Muchos días terminaba mis sesiones de terapia compitiendo con Keith en el juego de las poleas. Keith siempre levantaba mayores pesos que yo. Keith solía empezar a levantar las pesas con ambos brazos entre diez y quince veces. Yo debía hacer lo mismo. Cuando terminaba mis quince levantadas, Keith empezaba otras quince y así seguíamos hasta que alguno de los dos se rendía.

Terminada esta primera competición pasábamos a la de paralelas. Primero tuve que aprender a ponerme de pie. Esto lo conseguí ayudado por una enorme estructura de madera donde podía entrar con mi silla de ruedas. Una vez dentro, retiraba el reposapiés de la silla y metía los pies en unas correas sujetas a la estructura, evitando así que se deslizara hacia atrás. A la altura de las rodillas había unas almohadillas donde las rodillas podían descansar. Un metro más arriba había una especie de pupitre donde podían descansar los codos. Para liberar mis brazos, Jane me colocó una gruesa correa detrás de mis posaderas que me servía de asiento. Ahora era cuestión de usar mis poderosos brazos para apoyarme sobre los pies.

Así logré ponerme de pie después de cinco meses. Pronto sentí un suave calor sobre el rostro y un hormigueo por toda la superficie de mis pies. Miré al techo del gimnasio y me pareció como si una densa niebla empezara a llenar el gimnasio. Estaba tratando de recobrar el aliento. Me di cuenta de lo que me estaba pasando y recordé que esto me había ocurrido antes, exactamente cuando me senté en la cama por primera vez y cuando me levanté de la cama por primera vez... Jane estaba de pie junto a mí y tuvo que ver la palidez de mi rostro.

—Muy bien, Andy; respira profundamente —me aconsejó.

Hice lo que me mandaba, pero el ruido del gimnasio había huido y la voz de Jane era como un murmullo lejano.

—Estupendo, Andy. Apóyate sobre esto —y colocó una almohada sobre el pupitre—. Respira profundamente —oí que me repetía Jane, y obedecí.

Pronto la niebla de mi mente se esfumó y las cosas ocuparon su sitio de siempre. Finalmente pensé que podía decir algo:

—Gracias, Jane. Creí que me iba a morir.

Jane me explicó que todos los pacientes se sentían muy mal al principio, porque sufrían como un leve ataque al corazón. Después de meses de estar tumbado o sentado, se obliga al corazón a suministrar sangre a todo el cuerpo verticalmente, lo que supone un esfuerzo extraordinario para él, y es natural que se resienta. Es como pedir a la sangre que ascienda al Everest una vez que ha estado acostumbrada a inundar las llanuras holandesas.

Seguí respirando hasta que oí a Jane decir:

—Ahora, ¿qué te parece si repetimos el ejercicio?

No estaba seguro, pero sabía que si lograba suspenderme de las paralelas habría obtenido un gran triunfo.

—Muy bien, Jane —dije.

Utilicé los brazos para enderezarme y así poder respirar mejor. Descubrí que podía mantenerme de pie más tiempo, pero la niebla empezó a nublar mi vista. «He perdido la gran ocasión de alcanzar las barras paralelas», pensé para mí.

Jane me puso los pies sobre el reposapiés de mi silla y me dijo:

—Has estado formidable para ser la primera vez.

—Gracias, Jane —añadí—; pensé que había perdido para siempre mi sueño de alcanzar las paralelas.

—No te preocupes, llegarás a esas paralelas. Sólo necesitas un poco de paciencia. Ahora, muévete o llegarás tarde a tus clases de tico con arco.

Al mover la silla por el corredor sentí orgullo de mí mismo. Nunca mi moral había estado tan alta. Del mismo modo que las cosas iban cambiando en mi vida, también mis padres tuvieron que someterse a algunos cambios. Como jamás podría subir escaleras, se les aconsejó cambiar de casa. Compraron una casa de una sola planta.

Por la descripción que me dieron mis padres, me di cuenta de que no estaba lejos de nuestra antigua casa en Palfry Heights; en realidad estaba carretera abajo y en la siguiente urbanización a la nuestra. La única diferencia consistía en que esta urbanización era privada, mientras que la nuestra estaba formada por casas construidas por el Estado.

Sabía exactamente dónde estaba la casa porque entre los trece y los quince años fui repartidor de periódicos en aquella zona. Pensé en el lugar y montones de recuerdos vinieron a mi mente. Me recuerdo que cuando estaban construyendo la urbanización, íbamos a jugar en los grandes montones de tierra que habían formado las excavadoras, y solíamos saltar desde los andamios a los montones de arena. También recuerdo que a los trece años, una noche, tuve un encuentro con una niña de mi edad en uno de los nuevos garajes, justamente en la esquina donde estaría mi casa algún día. Perdí la virginidad, si es ésa la palabra. También me viene a la memoria cuando a los quince años solía encontrarme con una muchacha de mi edad que, como yo, era repartidora de periódicos. Todos los días nos cruzábamos en nuestro trabajo, y cuando terminábamos el reparto nos juntábamos a ligar durante media hora para después seguir cada uno nuestro camino.

El paso de estos recuerdos por mi mente me traía al mismo tiempo alegría y tristeza. Me quedaba el gozo de evocar situaciones agradables y la tristeza de que posiblemente serían los últimos recuerdos maravillosos que iba a tener.

13 *Mi primer fin de semana en casa*

ERA lunes, el día de consulta. Como ya me movía en la silla de ruedas, tenía que colocarme en la cola que se formaba para la consulta del médico, y esperar mi turno. Siempre había dos o tres delante de mí. Por fin entré en la consulta y la puerta se cerró detrás de mí. Allí estaba todo el equipo médico: los doctores Silver y Bash, los jefes de departamento y la enfermera Shilton. El doctor Silver abrió el diálogo con su pregunta de siempre:

—Veamos: ¿cómo está usted hoy, Andrew?

—Estupendamente; muchas gracias —le contesté, e inmediatamente inició su ronda de preguntas.

—Primero, doctor Bash, ¿cómo le funciona la vejiga a nuestro paciente? ¿Tiene algún problema?

—No —contestó el doctor Bash lacónicamente.

Entonces el doctor Silver pasó a interrogar al jefe de Terapia Ocupacional:

—¿Cómo se defiende Andrew en su departamento? ¿Puede ya vestirse y lavarse?

—Sí, está progresando adecuadamente, aunque todavía necesita algo de ayuda para vestirse.

«El siguiente, por favor», pensé para mí mismo. Era el turno de la fisioterapeuta:

—¿Qué tal funciona en su departamento? ¿Puede fácilmente acostarse, usar el servicio, etcétera?

—Bien; Andy consigue llegar a esos sitios, pero necesita ayuda...

«¡Qué desilusión! Y yo que pensaba que lo estaba haciendo todo bien...»

Me di cuenta de que hablaba solo.

—Su turno, señora Shilton. ¿Cuánto tiempo lleva Andrew en el hospital?

—Creo que cinco meses —contestó ella.

«Aquí llega la gran pregunta —pensé—: ¿Estoy bien o estoy mal?»

—¿Qué piensa usted, señora Shilton? ¿Está listo Andrew para pasar un fin de semana en su casa?

«Por favor, ¿podría repetir la gran pregunta? ¿Era cierto lo que oía? No podía ser, aunque cada uno en riguroso orden había asegurado que no encontraban ninguna razón por la que yo no pudiera ir a mi casa el próximo fin de semana.»

—¿Te parece bien, Andrew?

—Sí, de verdad; gracias —contesté alucinado.

—Tu padre tendrá que venir el jueves y le diremos lo que tiene que hacer contigo. ¿Enterado? Entonces puedes ir a tu casa el viernes por la tarde y regresar el domingo, también por la tarde. Señora Shilton, ¿quiere llamar a su padre e informarle sobre la decisión que ha tomado este equipo médico?

Me abrieron la puerta y empujé la silla al corredor y a la sala, donde reposé sobre mi cama e intenté meditar en la decisión del equipo médico de enviarme a casa. Me sentía extraño. Se había entablado una lucha dentro de mí. Por una parte me sentía feliz de regresar a mi casa; por otra, temeroso de enfrentarme a la vida real y lejos del hospital.

Era lunes, como ya dije anteriormente, el día que a nuestra sala le tocaba el turno del teléfono portátil. Estaba sentado en la silla pensando en mi próximo fin de semana cuando alguien me llamó por teléfono. Eran las nueve de la mañana y pensé: «¿Quién será ese impertinente?» El teléfono sonaba casi continuamente por las tardes, pero era raro que sonara tan temprano por la mañana. Marcia descolgó el teléfono y me pasó la llamada.

—Andy, es para ti; me imagino que es de alguna de tus amigas.

—Sí, dígame. ¿Quién es? —pregunté.

—Soy Jane —contestó una voz.

«Era la amiga de Kim. ¿Para qué me llamará?», pensé. Ella siempre me escribía.

—Mira, Andy, pensé que mi llamada te podía levantar el ánimo sabiendo que operan a tu madre hoy. Seguro que para estas horas ya la han operado.

Me sentí como cuando oí la noticia de que podía ir a casa. Oía las palabras, pero no las entendía.

—Lo siento, Jane, ¿qué me decías? —volví a preguntarle.

Ella se dio cuenta de mi sorpresa por mi tono de voz.

—Lo siento, Andy, no sabía que ignorabas por completo la enfermedad de tu madre —Jane trató de excusarse por su torpeza en desvelar un secreto y trató de dirigirme unas palabras de consuelo—: No tienes por qué preocuparte: es sólo una operación sin importancia. Muchas mujeres son operadas de lo mismo. No tienes por que preocuparte.

Estoy seguro de que mi familia, prudentemente, decidió ocultarme la operación para no darme motivos de ansiedad. Pero, la verdad, me habría gustado más haberme enterado por vía directa que como me llegó la noticia. De todos modos, y después de colgar el teléfono, no podía asimilar lo que me había ocurrido aquella mañana. Primero, la noticia de ir a casa el fin de semana, que me llegó como una agradable sorpresa. Después, la segunda noticia que fue como un mazazo por lo inesperado. Mi madre operada de histerectomía. Después me enteré que la operación consistía en extirpar el útero para así atajar el flujo anormal de sangre que algunas mujeres sufren mensualmente. Mi madre había estado sufriendo ese malestar durante los dos últimos años, y aunque a veces sufría mucho, no por eso dejó de ser la maravillosa madre y esposa que siempre fue, lo es y lo será.

Estuve preocupado durante todo el día y no pude concentrarme en las sesiones de terapia y tiro con arco.

Empujé la silla al fondo de la sala, miré al jardín a través de la ventana y pedí a Dios que tuviera cuidado de mi madre y la sacara sana y salva de la operación. Por la noche llamé a casa y mis primeras palabras fueron:

—¿Cómo está mamá? ¿Está bien?

Mi padre me aseguró que estaba muy bien. Luego me preguntó cómo me había enterado. Le dije que Jane me había telefoneado por la mañana sin saber que yo ignoraba todo. Me contestó que pensaban que la noticia podía preocuparme excesivamente, y por eso habían decidido ocultarme la operación. Seguimos charlando y mi padre me dijo que la señora Shilton le había propuesto que yo pasara en casa el siguiente fin de semana.

—Andy, creo que es mejor que dejes éste y vengas el siguiente; así podrás visitar a tu madre durante su convalecencia.

Me pareció muy correcta la petición de mi padre y di mi consentimiento.

Mi familia, que nunca había necesitado de la ayuda de la Seguridad Social, excepto cuando se anunciaba un nuevo miembro en la familia, ahora tenía en sus manos a mi madre y a mí.

Llamé todas las noches para informarme del progreso de mi madre. Durante la semana trabajaba muchísimo, intentando superarme en todo antes de que llegara mi fin de semana soñado. Antes de salir del hospital tenía que practicar cómo trasladarme de mi silla al coche. El procedimiento era el siguiente: tenía que acercarme lo más posible al asiento delantero del coche, levantar las piernas y colocarlas delante del asiento; a continuación, colocando una tabla muy resbaladiza entre mi silla y el asiento delantero del coche, me deslizaba por ella hasta sentarme en el asiento. Esto, que parece un juego, exigía un esfuerzo agotador. De todos modos, Jane me ayudó a practicar todos los días en el estacionamiento de coches.

El jueves, mi cuñado John y su padre vinieron a verme; me los encontré cerca de la cafetería.

—Hola, John; hola, Les. ¡Qué agradable sorpresa! —les dije al tiempo que me estrechaban las manos. John sugirió que entrásemos en la cafetería—. Estupendo, pero no por mucho tiempo. Tengo que ir a las clases de tiro con arco.

Entramos y tomamos un café. Luego, John empujó mi silla de ruedas por el corredor mientras Les caminaba a mi lado.

Al entrar en la sala de tiro con arco pregunté a Peter si mis invitados podían quedarse. Peter dio su asentimiento y me dijo que estaba esperando a un grupo de suecos. Peter empezó a vendarme y al mismo tiempo a charlar con John y Les. Terminada la operación de las vendas, me colocó en línea de tiro. Había terminado una serie de disparos cuando llegaron los suecos que Peter nos había anunciado. John se ofreció a recoger las flechas. Peter aceptó la ayuda y empezó su habitual discurso mientras yo seguía disparando flechas. Les seguía boquiabierto la charla de Peter. Después advertimos cómo era Les quien contestaba a todas las preguntas que Peter hacía a los estudiantes, y cómo era el mismo Peter quien aprobaba las intervenciones de Les.

John y yo estábamos sorprendidos, hasta el punto de no poder reprimir nuestras ganas de reír. Allí estaba Les entre todos los estudiantes contestando con envidiable seguridad a todas las preguntas. ¡Algo fascinante!

Después de mi habitual sesión de ejercicios regresamos a la sala, y allí seguimos riendo y celebrando el perfecto examen que Les había pasado. Después de tomar una taza de té, Jane entró en la enfermería y sugirió a John que me llevara a dar una vuelta en coche; así podía acostumbrarme a la velocidad antes del próximo fin de semana. John me acercó a su coche y me ayudó a meterme en él, sirviéndose de la tabla resbaladiza. Ya dentro del Ford me abrochó el cinturón de seguridad y empezó a mover el coche lentamente. Me parecía que íbamos más deprisa de lo que indicaba el marcador. Pasamos la cancela, torcimos a la izquierda y nos metimos en la carretera. Era la primera vez que salía del hospital. Me di cuenta de que cuando John pisaba el freno, yo me sentía empujado hacia adelante y como que perdía el control. Pero, de verdad, el corto viaje fue mejor de lo que cabía esperar. Regresamos al hospital y en unos minutos logré salir del coche con la ayuda de John.

Ya había vencido otro obstáculo y estaba contento de haber gozado de esta oportunidad de viajar en coche antes de enfrentarme a las tres horas de carretera que me esperaban el próximo fin de semana.

Jo y Tim vinieron a verme el sábado y me trajeron un regalo sorpresa: un palo de billar, en dos piezas. Tenía dibujos en relieve para poder cogerlo con mayor seguridad. De verdad que era una cosa extraordinaria. Además, tenía otra ventaja: cuando no se usaba para jugar te podía servir de cómodo bastón.

—Como sabíamos que te iba a gustar, te lo trajimos; además, te puede ser muy útil en el futuro —me dijo Jo.

Antes de mi accidente, John, el propietario de La Grange, los vendía en el club; pero en aquel entonces me era imposible adquirir uno.

Les agradecí de todo corazón el regalo, aunque no fui muy expresivo debido a mi emoción. Pasaron conmigo toda la tarde, charlando y bromeando.

Jo y Tim se habían portado conmigo maravillosamente desde el día del accidente. Me habían visitado todas las semanas y siempre habían estado atentos a todas mis necesidades y caprichos.

Cuando mi hermana y Tim se hubieron ido, quise gozar del regalo y pedí a un enfermero que empalmara las dos piezas del palo, y mientras jugaba con él en mis manos, las lágrimas afloraron a mis ojos, recordando lo mucho que había jugado al billar en el club La Grange y los tiempos felices que había pasado con mis amigos.

Kate vino a verme el domingo acompañada de Chris, Terry, Jackie y Darren. Bajamos a la cafetería. Mientras tomábamos una taza de té le pedí a Kate que me encendiera un cigarrillo, ya que me era imposible sujetar una cerilla entre los dedos. Terry me invitó a que intentara encender el cigarrillo con su encendedor. Era un mechero electrónico que casi no necesitaba ninguna presión para encenderse. Lo cogí, lo observé atentamente y al fin logré encenderlo.

—Te lo puedes quedar, Andy; así no necesitarás pedir a nadie que te encienda un cigarrillo.

No sabía qué decir; intenté rechazar el generoso regalo, pero Terry mantuvo su oferta y ganó. Se lo agradecí de todo corazón. Éste era el segundo día en que alguien me había regalado algo. Estaba emocionado.

Una vez que terminamos el té volvimos todos a la enfermería y nos sentamos alrededor de mi cama. Sé que esto suena a repetición, pero en un hospital todo gira alrededor de tu cama. De verdad que no podíamos ir al jardín a jugar un partido de fútbol o a Aylesbury a perdernos en su vida nocturna. Sentarse y charlar acerca de lo que pasaba en Brantham, o lo que cada uno había hecho durante la semana era todo lo que podíamos hacer.

Yo los quería y los admiraba por venir de tan lejos a pasar una tarde conmigo, y cuando se iban me sentía un poco desolado.

Kate se alojó en casa de sus parientes hasta el día en que vino su madre a recogerla. Estuvieron las dos conmigo hasta el anochecer y Kate me confesó lo contenta que estaba de no tener que realizar su viaje a Stoke Mandeville el próximo fin de semana.

Cuando todos se fueron, me senté al borde de la cama a escuchar mi música preferida, la que me llenaba de nostalgias y siempre me llevaba a hacerme las mismas preguntas: ¿Por qué fui precisamente yo? ¿Por qué debo estar condenado a esta silla de ruedas? Yo sabía que era un cabeza loca, un balarrasa, pero no era peor que otros. ¿Por qué, Dios mío, me has escogido a mí para sufrir tanto? ¿Qué pecado cometí para condenarme de por vida a una silla? Después recordaba las cosas *non sanctas* que había hecho durante mi corta estancia de diecisiete años sobre esta tierra y me preguntaba si fue por ésta o por aquélla por lo que sufría tan tremendo castigo. Tras un exhaustivo examen, quedaban dos posibilidades: o por haber hecho daño a alguien de alguna manera, o por haber probado el sexo antes de casarme. Quizá también por los disgustos que había causado a mis padres al haber tenido problemas con la policía en varias ocasiones. Tras este minucioso examen, caía en brazos de Morfeo.

Los demás días pasaron rápidamente, y llegó el jueves por la tarde. Estaba regresando de mi rehabilitación cuando me encontré con mi padre en el corredor.

—Hola, papá. Por fin llegaste bien —le pregunté—. ¿Dónde te hospedas?

—Me quedo en un hostal cercano al hospital —me contestó.

Aquí estábamos padre e hijo, como lo que éramos, pero nunca tan unidos. Mi padre pasaba la mayor parte de su tiempo en el trabajo. Había sido un buen padre, y aunque nos había dado todo lo que materialmente necesitábamos, no era capaz de exteriorizar sus emociones. Cuando yo era un chaval, solía pedirle que me ayudara a aprender a leer de forma comprensiva. Al principio se sentaba conmigo y me ayudaba, pero si dudaba en alguna palabra, en vez de ayudarme a comprenderla, se ponía nervioso. Realmente no tenía vocación de maestro.

De mayor yo quería hacer cosas con mi padre, como veía que otros las hacían con los suyos: ir al fútbol, participar en algún *hobby* juntos... Recuerdo que mi padre me solía llevar de pesca y me enseñaba a lanzar la caña. Una vez que estaba interesado en la pesca, en vez de sentarse junto a mí, se iba a pescar a otra torrentera. Era, diría yo, un hombre de pocas palabras.

Todo esto no era sólo culpa de mi padre. También yo tenía parte de culpa, y pienso que a menudo me equivoqué por no acudir a pedirle consejo cuando empecé a tener mis primeros problemas. Temía que mi padre fuera a pensar que yo era tonto y eso me retraía. Después, más adelante, mi hermana mayor empezó a hacerme sombra. Jo era más inteligente que yo, y cuando yo participaba en la conversación familiar, ella, muy educadamente, me decía que era tonto y que no sabía nada. Por aquel entonces nació mi hermana Lou, y con su llegada la comprensión y amor de mis padres cambiaron de tercio, en términos taurinos. Mi madre reservó su tiempo y entusiasmo a la más reciente adquisición familiar. Después empezaron a alzarse frente a mí la Ley, el Estado, la Autoridad. Aunque los líos en que me metí no fueron serios, sí significaban un grito de protesta: «Mirad, mundo, y temedme, porque todavía estoy vivo». Cuando iba a la escuela nunca me esforzaba todo lo que podía, sabiendo que obteniendo malas notas tendría mayor atención por parte de mis padres que sacándolas buenas.

Pero ahora, en mirada retrospectiva, me arrepiento de no haber acudido a mi padre en busca de ayuda, de no haberme esforzado mucho más en mis estudios. A pesar de todo, creo que mi independencia me estaba ayudando muy eficazmente en este período difícil de mi vida. Si no me hubiera acostumbrado a hacer las cosas por mí mismo, tampoco hoy tendría agallas para decirme: «Bien, llegaré a andar, aunque me cueste el resto de mi vida conseguirlo».

Mi padre estuvo sentado con Keith, Frank y conmigo en la sala hasta el anochecer. Charlamos y jugamos a las cartas. Cuando me echaron a la cama, mi padre tuvo que fijarse cómo lo hacían, cómo tendría que hacerlo él y cómo me iba a ayudar a desvestirme. Después se sentó al lado de mi cama hasta que las luces se fueron apagando, y entonces se fue a su hostal, que estaba a un tiro de piedra del hospital.

A la mañana siguiente vino muy temprano para ver cómo me podía ayudar en el servicio. Una vez resuelto el problema, mi padre pasó a la oficina de la señora Shilton y allí le entregaron todas las medicinas que yo iba a necesitar durante el fin de semana.

Una vez que terminamos con la señora Shilton, nos fuimos al departamento de Terapia Ocupacional donde Jane le enseñó cómo ayudarme a pasar de un sitio a otro. Después volvimos a la sala. Era la hora de la comida. Mi padre transportó mi maleta y el resto de mis cosas al coche. Dije adiós a todos mis compañeros, empujé mi silla de ruedas a través de la sala y les recordé que nos veríamos el domingo por la tarde.

Al pasar por la oficina de la señora Shilton, ésta me gritó:

—¡Buena suerte, Andy! No tengas miedo. Estás bien entrenado. Nos veremos el domingo.

Le respondí con un «adiós» y mi padre empujó la silla de ruedas hacia el coche. Era un día caluroso y el interior del coche había almacenado parte del calor del día. Mi padre colocó la silla en la parte trasera, me abrochó el cinturón, puso el coche en marcha y enfiló hacia la salida del hospital. Al alcanzar la carretera principal mi corazón empezó a precipitarse y todo mi interior temblaba como una hoja batida por el viento. Mi padre me preguntó si me sentía bien y le repliqué que sí, pero que estaba muy emocionado.

Con el paso del tiempo me había tranquilizado, pero todo parecía que iba más aprisa: el tráfico que venía de frente, las casas, los árboles... Había perdido la noción de velocidad. Al atravesar ciudades con sus obligados semáforos empecé a sentirme mareado, y esta sensación se multiplicaba cuando nos situábamos detrás de cualquier camión. No me afectaba adelantarlos, pero si circulábamos despacio detrás de un camión y sólo veía sus luces traseras y sus enormes puertas inclinándose hacia mí, entonces sentía verdadero pánico. Tenía que respirar profundamente y cerrar los ojos para sobreponerme al miedo que sentía. Sin embargo, una vez que adelantábamos al camión, ya podía abrir los ojos y relajarme.

Habíamos viajado durante una hora cuando mi padre decidió parar en un área de descanso y tomarnos el té que traía en un termo. Ya nos habíamos detenido varias veces para que yo pudiera apoyarme en mis brazos y así dar un descanso a mi espalda. Tenía que hacer ese ejercicio continuamente, ya estuviera en mi silla o en el coche. El ejercicio servía para impedir que mi cuerpo gravitara siempre sobre una misma zona y así evitar molestas rozaduras. Terminado el té, seguimos nuestra ruta.

Después de dos horas de viaje y de atravesar cinco o seis pueblos empecé a darme cuenta del gran sacrificio que había supuesto venir a visitarme al hospital, y cómo mi padre se había sentido agotado al tener que hacer este mismo viaje de ida y vuelta todos los días. Al cabo de media hora llegábamos a la carretera A-12, que me era tan familiar.

—Ya estamos cerca —dijo mi padre.

Al leer los nombres tan familiares de los pueblos que íbamos pasando me di cuenta de que estábamos a punto de dejar la A-12 y entrar en el pueblo de East Bergholt. Seguimos su calle principal y vimos la iglesia. Yo miraba con atención buscando en vano cambios producidos durante mi ausencia. Era como si nunca me hubiera marchado de Bergholt. Dejamos atrás Bergholt y llegamos a Drantham. En pocos minutos estábamos en la nueva urbanización, frente a nuestra nueva casa. Mi padre frenó el coche y me dijo:

—Ya hemos llegado, Andy. ¡Bienvenido a casa!

Jo y Lou debían de estar esperando, pues en cuanto el coche llegó salieron corriendo para abrirme la puerta y darme la bienvenida.

Mi padre me ayudó a salir del coche, mientras Jo y Lou metían mis cosas en casa.

Al tiempo que mi padre empujaba mi silla de ruedas por el sendero que conducía a la entrada, comenté lo bien terminada que estaba la rampa de acceso.

—Terry y yo la montamos hace un par de días —me explicó mi padre.

Ya en el cuarto de estar miré alrededor y vi tres puertas y los muebles de siempre, que hoy me parecían diferentes. La pintura de las paredes y las alfombras no tenían nada que ver con lo que yo me había imaginado durante los últimos cinco meses. La forma de las habitaciones era también diferente. Ésta era mi nueva casa; pero la mía para mí, la auténtica, era aquella otra que abandoné aquel viernes por la mañana, hacía cinco meses.

Jo se encargó de preparar la cena, y aunque todos estaban intentando que me sintiera a gusto, extrañaba la ausencia de mi madre y la seguridad y el cariño que sólo ella me podía dar.

Kate llegó después de la cena y se quedó hasta la noche. Fuimos a mi dormitorio. Por primera vez en meses pudimos besarnos y abrazarnos.

Había traído mi radiocasete, escuchamos música y hablamos hasta que llegó la hora de despedirnos. Mi padre me ayudó a acostarme y se llevó un despertador a su cuarto para levantarse a medianoche y cambiarme de lado.

—¿Estás bien, Andy? —me preguntó, y se aseguró de que estuviera cómodo sobre las almohadas.

—Sí, estoy estupendamente, papá —le contesté.

Una vez acostado, vinieron Jo y Lou a darme las buenas noches, y después de apagar la luz cerraron la puerta. Pero me llegaba la luz de la calle, que me desvelaba, y me dio por pensar: «Ya estoy en casa», me dije, pero me di cuenta de que nada había cambiado. El hecho de estar en casa no suponía ningún milagro. Tampoco me había curado por el hecho de estar en casa. Cuando pensaba que ésta iba a ser mi situación para el resto de mi vida, las lágrimas llenaban lentamente mis ojos y rodaban por mis mejillas. Sacaba los brazos de debajo de las sábanas, secaba mis lágrimas, pensaba en tiempos pasados, en aquellos momentos felices que guardaba en mi corazón. Ésta era la gran medicina contra mi pesimismo y también para conciliar el sueño.

El sábado por la mañana mi padre me ayudó a levantarme y vestirme, y también a pasarme de la cama a la silla de ruedas. Jo y Lou esperaron hasta que yo llegara para desayunar juntos. Nos sentamos todos alrededor de la mesa. Mis hermanas me preguntaron si había dormido bien y les dije que sí. Después del desayuno conduje la silla de ruedas al salón. Estaba fumando un cigarrillo y leyendo la prensa cuando llegaron las primeras visitas: mi hermana Judy, su esposo John, sus dos hijos, Lorna y Marcus. Se sentaron y sus primeras preguntas fueron:

—¿Cómo te sientes en casa? ¿Te gusta tu nueva casa?

—Me gusta muchísimo y me siento estupendamente —le contesté.

Ellos no fueron los únicos en hacerme aquellas preguntas. Al poco rato llegó mi otra hermana, Brenda, su marido Dave y sus dos hijos. Era la primera vez que veía a Brenda desde mi accidente y al tiempo que me besaba le agradecí las cartas y tarjetas que me había enviado todas las semanas. También era la primera vez que los hijos de Brenda me veían después de mi accidente, y parecían un poco asustados de la silla de ruedas. Mis cuatro sobrinos se mostraban tímidos, y aunque lo comprendía, estaba un poco dolido.

Todos se quedaron hasta el mediodía, y cuando se fueron mis hermanos, Jo nos preparó la comida.

—Es tu comida favorita —me dijo, al tiempo que me llenaba el plato.

Tenía razón: huevos, alubias, jamón y patatas fritas.

Aquella tarde tuve más visitas: mis queridos amigos Chris, Terry y sus hijos Jackie y Darren. Se quedaron toda la tarde y comentaron que era un placer tener que recorrer solamente un kilómetro en vez de los doscientos que había hasta el hospital.

Terry se ofreció a acompañarnos a mi padre y a mí de regreso al hospital; así mi padre podría ir más descansado. Mi padre aceptó el ofrecimiento y me dijo de camino al hospital que me iba a llevar a ver a mi madre.

Una vez que Terry y Chris se fueron, nos sentamos a cenar. Kate llegó otra vez al anochecer, pero en vez de regresar a su casa, se iba a quedar por la noche. Desgraciadamente para mí, no se iba a acostar conmigo. Lo mejor que podía suceder, porque habría sido el peor momento para mostrar mi virilidad.

Gran parte de la mañana se fue en lavarme y vestirme. Mi padre, Lou, Kate y yo la pasamos sentados en el salón, mientras Jo preparaba la comida. Después de comer ternera asada con una guarnición muy variada y salsas, mi padre puso todas mis cosas en el coche. En el mismo momento en que mi padre me conducía al coche, llegó Terry. Lou y Kate también iban a venir al hospital. Con la ayuda de mi tabla resbaladiza me deslicé en el asiento delantero del coche mientras que Terry, Kate y Lou se sentaron detrás. Mi padre colocó mi silla en el maletero y se sentó al volante. A la hora de salir vinieron Judy y John a decirme adiós. Después de despedirme de ellos y de mi hermana Jo, iniciamos el regreso al hospital.

La casa de descanso donde mi madre se recuperaba estaba en la misma dirección de Brantham, así que no teníamos que atravesar el área comercial del pueblo. Tan pronto como entramos en la propiedad, pude ver las camas a través de las ventanas. Fuimos al estacionamiento y allí mi padre me ayudó a trasladarme del coche a la silla. Kate se empeño en llevarme al interior. Me sentí extraño al entrar en este hospital para visitar a mi madre: era como vivir en un mundo al revés. Al entrar en una pequeña sala vi a mi madre sentada en la cama. En cuanto me vio, su rostro se llenó de alegría, pero al acercarme a su cama empezó a llorar.

—Qué maravillosa sorpresa. No esperaba verte tan pronto, mi amor —me dijo.

—No sabía que mi aspecto hiciera llorar a la gente —le dije en tono de broma.

—¡Es que soy tan feliz al verte de nuevo!

Mientras se secaba las lágrimas, le pregunté cómo se encontraba.

—Cada día mejor —fue su contestación.

Mientras los demás acercaban sillas para sentarse junto a su cama, miré a mi alrededor para guardar en mi menoria todo lo que veía. Entonces llegó el cuestionario habitual: ¿qué has hecho hoy?, ¿has comido?, ¿dormiste bien la noche pasada?, ¿necesitas algo?

Ahora llegó el turno a mi madre y me preguntó si había pasado bien mi primer fin de semana en casa y cuánto habría deseado estar allí. Le contesté que lo había pasado muy bien, pero lo habría pasado mejor si ella hubiera estado allí. Seguimos charlando hasta que un timbrazo nos recordó que el tiempo de visitas había terminado. Mi madre bajó de su cama y me besó. Al tiempo que sonreía, giré mi silla para salir y me sentí muy extraño, pues era yo quien me iba y no el que se quedaba. Ya montados en el coche, y al pasar debajo de la ventana de la habitación de mi madre, mi padre disminuyó la velocidad del coche para que pudiera mover mis brazos en señal de despedida.

Salimos de la propiedad y nos pusimos en camino hacia Stoke Mandeville. Pensé cómo me sentía cuando mis visitantes se iban: lo mismo le debía de estar pasando a mi madre en este momento.

14 *¿Por qué a mí?*

DESPUÉS de casi tres horas de coche atravesamos las puertas del hospital. Durante el viaje paramos varias veces para liberarme del cansancio de mi espalda, y para tomar un bocadillo en Little Chef. Mi padre, Terry y Lou entraron en el restaurante. Kate se quedó conmigo en el coche. A mí no me hacía gracia bajarme y subirme a la silla y, sobre todo, no estaba acostumbrado a aguantar las miradas de curiosidad de la gente. Era casi un descanso volver al ambiente del hospital, donde la gente en silla de ruedas es lo habitual. Mi padre me llevó a lo largo de los corredores hasta la sala. Kate, Terry y Lou me traían las cosas. Al verme pasar, Max, Dave y Tommy me llamaron, me dieron la bienvenida y me preguntaron cómo lo había pasado. Les dije que bien, pero que les había echado mucho de menos y que tenía ganas de volver.

Keith también había pasado en casa el fin de semana, pero estaba acostado y cuando pasé junto a él le pregunté cómo le había ido.

—Normal. ¿Y tú?

—Yo, estupendo.

Mi padre colocó las cosas encima de mi cama. Eran la siete y media y noté que mi padre estaba muy cansado.

—Seguro que estás encantado de que Terry lleve el coche en el viaje de vuelta —le dije.

—Sí; no creo que pudiera conducir esta noche —me contestó.

Me acompañaron hasta las ocho, y entonces Terry dijo:

—Debemos irnos si no queremos llegar a casa a medianoche.

Yo agradecí a mi padre su ayuda durante el fin de semana y también a Terry por acompañarnos y dar un descanso a mi padre. Mi padre y Terry me dijeron adiós, Lou me besó en la mejilla y se fue con ellos mientras yo me despedía de Kate, que se inclinó y me besó al tiempo que yo tocaba su mejilla con mi mano. Ella apoyó su cabeza sobre mi hombro y le dije:

—¡Querida, cuánto te amo!

—Yo también te amo, Andy, y siempre te amaré. No habrá nadie más que tú —me dijo al tiempo que se incorporaba—. Te escribiré, llamaré durante la semana y el domingo vendré a verte.

—Adiós, querida —y me quedé mirándola, hasta que al llegar a la puerta me saludó y salió de la sala.

Entonces me acerqué a la ventana y los vi subir al coche, acercarse a la salida y saludarme hasta perderme de vista.

Mis posaderas estaban agotadas, pues habían soportado el peso de mi cuerpo todo el día. Pedí a los enfermeros que me acostaran. Una vez acostado, Keith se acercó y me dijo:

—De verdad, ¿cómo lo pasaste?

—Creo que regular. Mis padres y mis hermanos, estupendos, pero demasiado cuidadosos para escoger las palabras. No querían molestarme. Me fastidiaba el hecho de que mi padre tuviera que ayudarme a levantarme. Aquí ser ayudado por las enfermeras parece normal, pero cuando tiene que ayudarte tu padre, la cosa cambia.

—Comprendo cómo te sientes. Igual que cuando mi padre me toma en sus brazos y me lleva al servicio. De verdad, me siento tan inútil que quisiera desaparecer. Éste fue mi tercer fin de semana en casa y algunos de mis parientes vinieron a visitarme acompañados de sus críos. Estábamos en la sala de estar cuando un crío se dirigió a mí y me dijo: «Tú eres un paralítico, ¿verdad?» Yo sé que son cosas de críos, pero realmente me hizo daño, no pude controlarme y grité: ¡Sacadle de aquí! Y entré en un estado de depresión. Después me senté y lloré desconsoladamente.

—Keith, qué mala suerte tuviste; yo no sé cuál habría sido mi propia reacción en igual circunstancia, pero seguro que habría reaccionado como tú.

Keith estaba sentado junto a mi cama y así estuvimos compartiendo nuestras confidencias hasta las once de la noche. Nuestra amistad se había acrecentado mucho en los tres últimos meses. Keith tenía veintiún años y procedía de Watford. Se parecía mucho a Rod Stewart; nos contamos nuestras vidas, y coincidíamos en casi todo. Desgraciadamente me enteré de que aquel incidente de fin de semana le había afectado profundamente, y sus padres temían que atentara contra su propia vida.

Keith había permanecido silencioso desde nuestra larga conversación del domingo anterior, pero a medida que avanzaba la semana se estaba esforzando al máximo en sus ejercicios de recuperación para demostrar a su sobrino que estaba equivocado.

Para mí, haber estado en casa un fin de semana no significaba que iba a ir a casa todas las semanas, porque dependía de la disponibilidad de mi padre. Si le tocaba el turno de noche en la fábrica, no tendría a nadie para darme las necesarias vueltas en la cama.

Ya había pasado más de una semana desde mi visita a casa y estaba metido de nuevo en la rutina de la natación, tiro con arco, ejercicios de fisioterapia y aprendizaje de nuevas cosas. Mi visita a mi nueva casa me había convencido de que tenía que esforzarme al máximo si quería realizar mis sueños. Saber que estaba en el buen camino era un estímulo para intentarlo todo. Cuando Jane me preguntaba si quería dejar ya mis ejercicios sobre las colchonetas o en la piscina, yo le pedía que me dejara un poco más.

Cuando Keith y yo estábamos en las poleas y en las pesas, nunca me rendía a pesar del punzante dolor que sentía en los brazos, y cuando estaba de pie en la estructura de madera me esforzaba en sobreponerme a cualquier sensación de mareo.

Lentamente, mis esfuerzos empezaron a dar sus frutos. Dominaba la silla de ruedas con facilidad. Me cambiaba de postura en menos tiempo y me vestía con relativa rapidez. Era un miércoles por la tarde. Acababa de terminar la sesión de terapia y estaba listo para ir al tiro con arco cuando Jane me dijo:

—Andy, cuando termines tus entrenamientos de tiro con arco y regreses a la sala, quédate allí hasta que te recoja y te baje aquí para que te hagan un molde de yeso.

—¿Quieres decir un molde para mis piernas, para que así pueda practicar en las paralelas?

—Sí, Andy; espérame en la sala. Te recogeré a las tres y media.

De camino a la sala de tiro con arco me sentí formidable. «Finalmente voy a conseguir llegar a esas paralelas», me repetía a mí mismo.

Después de la comida hice lo que me mandaron hasta que llegó

Jane. Me llevó al departamento de Terapia y me ayudó a tumbarme en una especie de banco-cama; después de quitarme los pantalones, calcetines y zapatos, me ayudó a descansar sobre el estómago.

Empezó a cortar largas tiras de tela enyesada y la iba colocando sobre mis piernas. Así formó un molde para ellas. El molde empezaba en la parte superior del muslo y terminaba en los tobillos. Jane añadió más tela empapada en agua con yeso y dio por terminada la operación.

—Tengo que dejar que los moldes se endurezcan para que mi obra de arte esté lista —dijo sonriendo.

Esperó unos minutos, y cuando juzgó que el trabajo estaba bien hecho quitó los moldes de mis piernas y dejó que se secaran perfectamente. Con su ayuda me volví a vestir y me monté en mi silla.

—¿Cuándo los podré usar, Jane? —le pregunté.

—Habrá que esperar algunos días —me contestó.

Al tiempo que empujaba mi silla le pregunté por qué había que esperar tanto tiempo.

—Si no se secan perfectamente, se romperán a la primera de cambio.

—Muy bien, Jane; creo que puedo esperar un par de días.

Como ya estaba en la sala, Jane se fue a visitar a otro paciente, mientras yo soñaba en verme caminando acrobáticamente en las paralelas.

Aquella noche jugué a las cartas con Frank y Keith en una de las mesas de nuestra sala. Al no poder sostener seis o siete cartas en las manos, tenía que dejar algunas sobre las piernas. Lo malo era cuando se caían al suelo; entonces tenía que asegurarme de que las ruedas delanteras de la silla tuvieran puesto el freno, pues si no, al inclinarme, rodaba por el suelo. Una noche me olvidé de colocar el freno, y al inclinarme debajo de la mesa, mi silla se movió y sentí que iba a dar con los huesos en el suelo.

Mi natural reacción fue utilizar los brazos para evitar que mi cabeza golpeara directamente el suelo. La caída se consumó y allí estaba yo en el suelo hecho un montón de músculos, huesos y miseria. Simultáneamente a mi aterrizaje forzoso aparecieron las cabezas de mis compañeros debajo de la mesa y una vez que les dije que estaba bien, se desternillaron de risa.

Lawrence y Micky vinieron a rescatarme, y en cuanto me sentaron de nuevo en mi trono y vieron que no me había hecho nada, también se echaron a reír.

Me di perfecta cuenta de lo gracioso de la caída, pero al mismo tiempo parece que se había desatado un terremoto dentro de mí. Era la primera vez que me caía de la silla. Jugamos algunas partidas más y pedí que me acostaran.

Mientras me llegaba el sueño, pensé en los sucesos del día. Parecía que tan pronto como sentía que estaba mejorando, algo me sucedía para demostrarme que todavía estaba a años luz de alcanzar mis ambiciones.

Lo mismo me pasó durante el fin de semana en mi casa. Me convencí de que eran muy pocas las cosas que podía hacer ya por mí mismo.

Hoy, la emoción de colocarme los moldes de yeso me embargaba. No podía evitar inclinarme hacia adelante. «¿Por qué siento ganas de moverme?», me preguntaba a mí mismo. «¿Por qué?» ¿Por qué quiero andar de nuevo? ¿Por qué parece haberse convertido eso en mi razón de ser?

El jueves y el viernes pasaron sin pena ni gloria, y llegó el fin de semana. Me iba a quedar en el hospital y mis familiares y amigos tendrían que hacer el largo viaje para venir a verme.

Los sábados por la mañana me entretenía en escoger los caballos ganadores en las carreras que iban a televisar por la tarde. Hacía mucho tiempo, cuando todavía no usaba la silla, Keith me había iniciado en el vicio de las apuestas a las carreras de caballos. Keith era amigo de una de las enfermeras que nos proporcionaba las quinielas y que nos recogía los premios si la suerte nos sonreía.

Ya había comido y me preparaba para ver las carreras cuando llegó mi hermana Jo.

—¿Qué haces aquí? ¿Dónde está Tim? —le pregunté.

—Yo sabía que ibas a estar solo y Tim no quería venir, así que decidí venir por mi cuenta.

Fue una gran sorpresa ver a Jo, especialmente cuando sólo hacía unos días que había obtenido su permiso de conducir.

—Lo habrás pasado mal viniendo en coche sola y por primera vez —le pregunté.

—Ni que lo digas, Andy. En un momento pensé regresar a casa, pero decidí venir, y aquí estoy.

Nos sentamos, hablamos, y Jo me contó las cosas de la casa.

—Mamá vendrá a casa la próxima semana —me dijo.

Bajamos a la cafetería y allí seguimos charlando. Después me condujo a la enfermería y me comunicó que mi padre vendría el próximo viernes para llevarme a casa.

—Mamá también estará en casa el próximo fin de semana —me dijo.

Charlamos hasta que nos dimos cuenta de la hora.

—Jo, no quiero que te vayas, pero tampoco que conduzcas de noche, especialmente por carreteras que no conoces muy bien.

—Sí, me voy para poder estar en casa antes de las nueve —me replicó.

—Muchas gracias por venir; ten cuidado en la carretera y llámame tan pronto como llegues a casa —le supliqué.

—Sí, así lo haré. Estoy contenta de haber venido sola. Adiós, Andy, hasta pronto.

La vi montarse en el coche y la saludé al pasar por debajo de mi ventana. Pensé en mi hermana durante toda la tarde hasta que el teléfono sonó a las nueve en punto.

—Estoy en casa, Andy; te veré la próxima semana.

La llamada me tranquilizó y ahora podía ver la televisión a mis anchas.

Kate llegó el domingo y se quedó hasta el lunes. El martes tuve la oportunidad de usar los moldes de escayola. Ya había realizado mis habituales ejercicios antes de la comida y después estuve practicando tiro con arco.

En vez de quedarme en la sala después del té me fui al departamento de Terapia.

—Muy bien, Andy, ¿te sientes fuerte? —me preguntó Jane.

—Fuerte como siempre —le repliqué.

Jane me llevó a las paralelas. Retiró el reposapiés de la silla y estiró mis piernas. Entonces colocó los moldes detrás de mis piernas y los ajustó con abundante vendaje, de modo que mis rodillas no se doblaran.

—Muy bien, Andy. Pienso que ya estás listo. Pon las manos en las barras. Ahora inclínate hacia adelante.

Tras esta maniobra Jane llamó a otra fisioterapeuta, Penny, para que la ayudara.

—Penny, ¿puedes ponerte delante de él? Cuando lo levante, tú lo sostienes hasta que yo me pueda colocar detrás. Bien, Andy, apóyate en las paralelas. Estupendo.

Mientras yo me sujetaba, Jane colocaba sus manos en mi espalda y yo me apoyaba sobre mis propios pies, con las piernas rectas, bien protegidas y ayudadas por los moldes de escayola. Jane estaba detrás de mí y me ayudaba a mantenerme derecho para que mi peso gravitara sobre mis talones, y mis caderas estuvieran de frente.

Una vez que Penny vio que Jane se arreglaba sola, se retiró y pude contemplarme en el gran espejo que cubría toda la pared.

—Respira profundamente, Andy, para no marearte —me aconsejó Jane.

Así lo hice, al tiempo que me contemplaba en el espejo.

—¿Realmente soy yo ese que está ahí de pie? —me preguntaba a mí mismo.

Intenté serenarme y acostumbrarme a estar de pie.

—Muy bien, Andy. Creo que ya basta por hoy.

Jane llamó a Penny para poderme colocar en la silla. Al sentarme vacié todo el aire de mis pulmones en señal de satisfacción.

—Estupendo, Jane —le dije—. Me siento feliz por haberme puesto de pie otra vez.

—Sí —me contestó—, y lo has hecho muy bien. Mañana veremos si puedes dar unos pasos.

«¿Pasos? Maravilloso», pensé, y ya estaba impaciente de que llegara el día siguiente.

Ya era miércoles por la tarde. La mañana se fue volando. Después de comer me fui al departamento de Terapia; de allí pasé a la sala de tiro con arco. Mi actuación en este último departamento fue mediocre, porque mi mente estaba polarizada por la inminente posibilidad de andar.

Después del té de la tarde regresé volando al departamento de Terapia. Jane me ajustó las escayolas con la ayuda de Penny y ya estaba sobre mis piernas por segunda vez en los dos últimos días.

Después de permanecer firme durante cinco minutos, y cuando me sentía totalmente relajado, pensé que era la hora de dar mi primer paso desde mi accidente.

—Muy bien, Andy. Inclínate hacia adelante un poco; ahora levanta el cuerpo con los brazos, levanta los pies y colócalos hacia adelante unos centímetros; ahora empuja las caderas hacia adelante y ponte derecho.

Empujé mis brazos hacia arriba, pero me era imposible levantar los pies del suelo. Jane me ayudó a moverme un poco hacia adelante, pero como el peso de mi cuerpo recayó en la punta de los pies, la cintura se me dobló y me quedé mirando al suelo. Jane me enderezó de nuevo y con sus rodillas empujó mis caderas hacia adelante para que mi peso recayera sobre mis talones. Ya estaba en posición firme otra vez y respirando rítmicamente para ahuyentar el mareo.

Al mirarme al espejo la palidez mortal de mi rostro había desaparecido y había recobrado mi color natural.

—¿Listo para intentarlo otra vez? —oí decir a Jane.

—Vale —repliqué.

Respiré profundamente para llenar los pulmones de oxígeno antes de levantarme apoyándome en las paralelas. Con todas mis fuerzas tiré de todo mi cuerpo hacia arriba, momento que aprovechó Jane para empujarme, y al caer moví las caderas al frente para que mi peso cayera sobre los talones y no perdiera el equilibrio.

—Muy bien, Andy; casi perfecto —me animó Jane.

Me dio un momento de descanso y me preparé para dar un paso más. Seguimos ensayando hasta que casi alcancé el final de las paralelas y estaba a punto de tocar el espejo con las manos.

—Formidable, Andy. Pienso que ya basta por hoy.

Jane me avisó y llamó a otro ayudante para sentarme en la silla. Una vez en la silla, contemplé la destreza de Jane para quitarme las vendas y las escayolas; pensé que cualquier cosa que me propusiera no iba a ser nada fácil: desde lavarme la cara hasta andar. Jane me levantó los pies y los apoyó en el reposapiés de la silla.

—Te puedes ir si quieres, Andy —me dijo, al tiempo que retiraba las escayolas a un lado.

Miré alrededor y vi que no había nadie en el juego de las poleas.

—Quisiera hacer ejercicio de pesas, si no te importa —le dije.

Jane me llevó hasta las poleas y se fue a visitar a otro enfermo que acababa de llegar al hospital.

«¡Pobre diablo! —pensé—. Seguro que no sabe que dentro de unos meses estará aquí luchando y sudando como yo ahora.» Seguí concentrado en el ejercicio de las poleas hasta que mis brazos protestaron; entonces regresé a la sala.

Cada día ponía más empeño en mi recuperación. Me senté en una de las mesas de la sala y con mi atención dividida entre la televisión y mis recuerdos circenses en las paralelas, dejé pasar el tiempo.

«¿Qué es lo que quiero demostrar? Lo más seguro es que jamás logre andar —me decía a mí mismo—. Pero ¿cuál es la alternativa? ¿Meterme en un agujero y esperar a que llegue mi última hora? Tengo diecisiete años y toda una vida por delante. Es evidente que no puedo saltar de la cama y correr al servicio, pero eso no quiere decir que nunca lo conseguiré. Un mal día lo tiene cualquiera. Tú vas a mejorar cada día y dentro de unos meses recordarás esta inutilidad y te reirás.»

Con la llegada de Keith y Frank tuve que interrumpir mis meditaciones.

—¿Dónde habéis estado? —les pregunté.

—Jugando al billar en la salita que está junto al departamento de tiro con arco. Peter nos ha dejado la llave para que podamos jugar después de la cena. Puedes venir si quieres.

—No sé si podré jugar, tengo poca fuerza en las manos —les contesté.

—Vamos, anímate; no puedes hacerlo peor que nosotros —me aseguró Frank.

Aquella noche, después de la cena, Keith, Frank, Peter y yo nos fuimos a la salita donde estaba el billar. Frank tuvo la previsión de traer una venda para el caso de que yo no pudiera agarrar bien el palo de billar.

Efectivamente, Frank tuvo que atarme el palo a la mano con la venda. Ninguno de nosotros había jugado al billar desde nuestro accidente y descubrimos que no podíamos estirarnos y golpear las bolas como hubiéramos deseado. Además, necesitábamos las manos para poder movernos alrededor de la mesa de billar. El palo que yo tenía atado a la mano unas veces miraba al frente, otras al techo, lo cual partía de risa a mis compañeros. También yo intentaba reírme con ellos, pero mis risas, en el fondo, eran lágrimas de rabia al no poder participar en un juego que tanto me gustaba.

Después de casi dos horas y de no haber podido terminar ni un solo juego, regresamos a nuestra sala; mejor dicho, solamente Peter y yo volvimos. Keith y Frank se fueron a una bolera que había dentro del terreno del hospital.

Pasé el resto del tiempo viendo la televisión y después de un rato pedí que me acostaran. Una vez acostado, me cubrí el rostro con la sábana y derramé las lágrimas que había almacenado durante toda la tarde.

Al tiempo que las lágrimas rodaban por mis mejillas, me repetía la misma pregunta de siempre: «¿Por qué me tuvo que pasar esto a mí, Señor? ¿Por qué a mí?»

El jueves era uno de esos días que más fácilmente me transportaba a mi pasado, a los tiempos en que era feliz y libre de preocupaciones. Pensaba en las veces que había realizado largas marchas, como la de veinte kilómetros para recabar fondos para la restauración de la torre de la iglesia, en la que había participado cuando tenía diez años. Era un veraniego y caluroso sábado por la tarde. Habíamos evitado carreteras en lo posible, atravesando espacios abiertos en los bosques y siguiendo senderos que bordeaban campos de cultivo. Los cuatro últimos kilómetros los hicimos a lo largo de la playa Stutton Shore, que se extendía paralelamente a un río durante muchos kilómetros. Una vez abandonada la playa, pasamos junto a varios campos hasta desembocar detrás de la iglesia y en una escuela donde podíamos tomarnos un refrigerio de galletas y naranjada.

Tres amigos míos y yo fuimos los primeros en terminar la marcha. Me acuerdo que al llegar a la escuela nos sentamos en una silla y pusimos nuestros pies sobre el asiento de otra y sentimos en ellos un extraño hormigueo al liberarlos de todo peso. Me senté un largo rato hasta que vino mi padre y me llevó a casa en coche. Aquel día siempre quedará en mi memoria, igual que este otro que ahora os cuento.

Entonces yo era scout y, además, jefe de patrulla. Estábamos de campamento a varios kilómetros de Hastings. Eran los dos últimos días de nuestras dos semanas de acampada cuando nuestros jefes Jeff y Trevor propusieron una marcha para dar la oportunidad de añadir alguna condecoración más a nuestro historial scout. Partimos muy de mañana en plena oscuridad, alumbrados por antorchas para ver el camino. Caminamos por un larguísimo sendero limitado por la carretera a un lado y un muro de piedra al otro. Habíamos ascendido bastante, teníamos a Hastings a nuestros pies y empezaba a amanecer. Vimos en el horizonte cómo el sol se elevaba por detrás de un monte altísimo. Era la primera vez que había visto un amanecer. El sol ascendía tan rápidamente que parecía que alguien detrás de la montaña le había propinado un patadón igual que cuando el portero saca de puerta en un partido de fútbol. Nos sentamos en el muro y observamos el majestuoso ascenso del astro rey; después continuamos la marcha. Al cabo de dos horas de caminar bajo los rayos del sol llegamos a las tiendas y al puerto del pueblo. Desayunamos en un pequeño café del puerto. Terminado nuestro té y nuestras tostadas, atravesamos una carretera y nos encaminamos a la playa. Allí nos descalzamos y metimos nuestros cansados pies en el agua salada del mar. Después nos tumbamos en la arena a gozar de un bien merecido descanso. Después de media hora seguimos la marcha, parándonos en lugares interesantes, como castillos en ruinas, cuevas subterráneas... Regresamos por la playa al pueblo. Mediada la tarde, estábamos cansadísimos y esperando que apareciera Jeff con su camioneta para llevarnos al campamento. Aquella marcha fue siempre un recuerdo dorado en mi vida, incluso antes del accidente, y me sirvió para sentirme orgulloso de mi resistencia física y capacidad para conseguir metas difíciles.

Llegó el fin de semana y mi segunda oportunidad de volver a casa. El largo viaje por carretera no parecía acortarse por el hecho de conocer todos los pueblos y paisajes por donde pasábamos.

El fin de semana fue casi una exacta copia del anterior. Sin embargo, había una gran diferencia: mi madre estaba en casa, y aunque apenas podía moverse, su presencia me reconfortaba. Este fin de semana fue mejor que el anterior, aunque odiaba el hecho de que mi padre tuviera que ayudarme a levantarme y a vestirme. Esta ayuda continua de mi padre sirvió para crear más confianza mutua. Mis padres habían sido maravillosos conmigo desde el accidente. Se volcaron en aquellos días en que no sabían si viviría o moriría. Más tarde me dieron el coraje de intentarlo todo. Ahora me traían a casa e intentaban que me familiarizase con mi nueva vida. Algunas familias fueron incapaces de conectar psicológicamente con sus hijos o hijas cuando los vieron paralíticos y en silla de ruedas.

Otros no pudieron ni siquiera intentarlo al estar sus hijos tan lesionados que necesitaban continua atención médica y tenían que permanecer ingresados en un hospital.

Varios miembros de mi familia vinieron a visitarme, así como algunos amigos íntimos y, naturalmente, Kate.

Así llegó el domingo por la tarde y la hora de la partida. El tiempo se había pasado en un abrir y cerrar de ojos y estábamos en el minuto de los adioses. Aunque ya me había convertido en un profesional de despedidas, todavía se me formaba un nudo en la garganta en el momento de decir adiós a mis padres, a Kate y al resto de mi familia. Pero una vez en plena carretera, todo sentimiento de separación se desvanecía.

Esta vez en el viaje de vuelta me acompañaban mi padre y mi cuñado John, que viajaba con la misión de ser copiloto y así dar un descanso a mi padre, igual que había hecho Terry en el viaje anterior.

Cuando llegamos al hospital, mi padre empujó la silla de ruedas hacia la sala. Al entrar me di cuenta de que reinaba un silencio sospechoso. Incluso los enfermos que tenían visitas hablaban a media voz.

John y mi padre tomaron una taza de té y regresaron a casa. Los contemplé desde mi ventana cuando abandonaban el hospital. Ahora que se habían ido pedí ayuda para que me acostaran.

La mañana siguiente ofrecía un ambiente más distendido, pero sospechaba que algo extraño había ocurrido durante mi ausencia.

—Hola, Lawrence, ¿qué hay de nuevo por aquí? —le pregunté al acercarse.

—¿No te has enterado?

—Enterado, ¿de qué? —le pregunté.

—Es Ernie. Murió mientras tú estabas en casa.

—¿Murió? ¿Qué le pasó?

—Estaba en la cama, llamó a Max y le pidió que le leyera un trocito de la Biblia. Max le complació y Ernie murió a los pocos minutos. Max notó algo extraño y llamó a todos los enfermeros, pero todo fue en vano.

—Yo noté que había algo raro en el ambiente cuando llegué de casa la noche pasada, pero nunca me pude imaginar que se tratara de la muerte del pobre Ernie. Ahora comprendo la tensa tranquilidad de la sala. Por otra parte, qué extraño que le pidiera a Max que le leyera unas líneas de la Biblia, y justamente antes de morir. Seguro que sabía que se moría.

Durante varios días después de la muerte de Ernie vivimos en un ambiente diferente, lo cual era fácil de comprender porque era la primera vez que uno de nuestros compañeros de sala moría. Pero, pasado un tiempo, nos dimos cuenta de que estábamos vivos y debíamos luchar por mejorar nuestras condiciones de vida. En cierta forma me sentía triste por la familia de Ernie, su mujer y sus hijos, pero me alegraba por Ernie y su muerte liberadora.

Desde su accidente había sufrido alucinaciones y respiraba con mucha dificultad. Ahora ya no necesitaba lucha para obtener los mínimos resultados. Ernie estaba en los sesenta. Si yo con mis diecisiete veía mi futuro como algo duro, ¿cómo sería la vida para el pobre Ernie? Sí, debo confesar la verdad: la muerte le liberó para siempre.

15 *Jamás volverás a andar*

LAS cosas mejoraban para los que todavía quedábamos en la sala. A Keith le habían puesto en las piernas unos aparatos metálicos que ocultaba debajo de los pantalones. Con la ayuda de esas estructuras metálicas y unas muletas podía caminar de una forma muy peculiar. Y con bastante dificultad. Yo solía observar cómo movía las muletas hacia adelante en un primer esfuerzo y a continuación movía sus caderas y piernas. Era una especie de movimiento continuo que se establecía entre sus muletas y sus piernas. El esfuerzo que tenía que hacer para andar lo podías ver en sus manos. Se tornaban blanquecinas al agarrar las muletas y al dar el impulso para avanzar. Sólo necesitaba caminar unos metros para ver su rostro sudoroso y amplias zonas húmedas junto a sus sobacos.

Frank lo tenía un poco más fácil. Había recuperado casi totalmente el uso de su pierna izquierda. Sólo necesitaba un soporte metálico su pie, que, unido al zapato, le servía de apoyo. Habiendo adquirido la habilidad de doblar la pierna, le era fácil moverla hacia adelante y enderezarla. Mantenía la pierna derecha estirada gracias a unas abrazaderas metálicas. El peso natural de la pierna derecha hacía que fuera siempre al encuentro de la izquierda. La maniobra parecía bien sencilla: doblar la pierna izquierda y moverla al frente; entonces la derecha iba al encuentro de la izquierda, y así sucesivamente.

También yo iba progresando en las paralelas ayudado por mis escayolas, mis vendas y los ánimos de Jane. También mejoraba en el tiro con arco y en natación. El arco que usaba al principio fue sustituido por otro más fuerte y con eso mejoró mi puntería, hasta el punto de que estaba consiguiendo cuatro o cinco dianas doradas por cada serie de disparos.

Mi natación había mejorado muchísimo y ya no tenía miedo a ahogarme, temor que albergamos todos los que hemos tenido un accidente tan serio como el mío. Aunque la mayoría de nosotros estábamos progresando satisfactoriamente, había algunos enfermos que se consideraban autoderrotados. Los dos Peter estaban en una encrucijada y por razones diferentes.

Peter, el que había sido atropellado por un camión en Alemania, se estaba hundiendo en su propio desánimo. Se inventaba excusas para no abandonar la cama, comía muy poco y se estaba quedando en los huesos, hasta tal punto que su cuerpo se iba cubriendo de llagas. Cuando al final quiso levantarse, unida su debilidad física a su estado emocional, entró en un estado de depresión. Su mujer alquiló una casita cerca del hospital e incluso entró a trabajar en el mismo. Por alguna razón, a los ojos de Peter, su mujer no podía hacer nada bien. La recriminaba por cuanto hacía. Para nosotros era un misterio cómo aquella mujer podía aguantar la permanente agresividad de Peter y todavía serle fiel.

El otro Peter tenía otras cosas que le ayudaban a enfrentarse a la vida. Sus padres eran fervientes católicos, y ellos, más las regulares visitas de un sacerdote, le habían convencido de que era voluntad de Dios lo que le había sucedido. Recuerdo que un día este sacerdote se sentó y empezó a charlar con Frank, con Keith y conmigo de cómo nuestros accidentes eran una forma que tenía Dios de decir: «Mira, tú estabas siguiendo el camino equivocado y ahora yo te voy a señalar tu nuevo camino». Yo no podía ni creer ni aceptar este pensamiento. El Dios y el Jesús que yo conocía eran gente maravillosa y jamás harían sufrir deliberadamente a nadie por ninguna razón. Mi accidente no fue planeado por Dios; fue una estúpida equivocación mía. Yo no miraba adónde iba, así que me golpeé contra el camión.

Mi creencia es que Dios no tiene control sobre las amenazas físicas a las que nos enfrentamos, tales como terremotos, inundaciones, sequías... Soy de la opinión de que Dios no escoge a cierta gente para que contraiga una enfermedad incurable, como el sida o el cáncer. Por otra parte, si nos vemos enfrentados con un problema, Él nos da la fortaleza para asumirlo, y en mi caso personal me ayuda a sobrevivir día a día.

Pero volviendo al segundo Peter, cuando le dijeron sus padres que era voluntad de Dios que él estuviera como estaba, le cortaron sus mejores deseos de mejorar día a día. Además, tenían que operarle de vejiga para que pudiera evacuar la orina más fácilmente, y esto aumentaba sus complejos.

Estábamos a últimos de octubre y el verano hacía tiempo que se había despedido. Los suaves y soleados días del estío estaban siendo desplazados por los húmedos y frescos del otoño.

Stoke Mandeville era una edificio viejo y deteriorado. Una mañana me fui al departamento de Terapia Ocupacional y tuve que evitar varios cubos colocados en el corredor para recoger el agua de las goteras. Saludé a varios enfermeros que estaban recogiendo el agua de los charcos que se habían formado durante la noche.

Precisamente aquel día vino un equipo de televisión a filmar un programa que evidenciara el envejecimiento del hospital. Los barracones convertidos en salas desde la Segunda Guerra Mundial estaban siendo usados por pacientes con quemaduras graves; ahora, cuarenta años más tarde, y con muchos inviernos a cuestas, necesitaban una renovación urgente. El programa apareció en televisión, pero como todas las cosas, fue visto y olvidado, excepto por nosotros los inquilinos.

Las mañanas las tenía muy ocupadas en vestirme y en escribir a máquina. Dedicaba las tardes a ejercicios de fisioterapia. Para completar mi jornada intenté encontrar algo práctico para llenar el tiempo libre entre la cena y la hora de acostarme.

Keith me informó que todos los miércoles daban películas en la sala CUATRO, así que allí nos íbamos a ver películas como *El Bandolero* con John Wayne y *Cruz de Hierro* con James Coburn.

Otras noches aparecíamos en la sala DOS a jugar a las damas con un tipo llamado Bob, que había tenido que regresar al hospital a curar sus heridas. Alguna vez que otra bajábamos a la bolera y aprovechábamos para probar algo de licor. Pero también había veces en las que gozaba quedándome a solas, en la oscuridad del corredor, fuera del calor de las salas. Allí me podía sentar sin ser observado y recordar todo lo que me había sucedido en los últimos meses. «¿Por qué estaba yo mejor que Peter y no tan bien como Frank? ¿Hay alguna razón para todas estas torturas que estoy sufriendo? ¿Qué decisiones tengo que tomar inmediatamente?...» Allí me solía sentar rumiando todas estas cosas hasta que los empleados venían a sus turnos de noche o que algún visitante, perdido por los pasillos, me preguntaba por la salida.

Aunque compartía el hospital con mucha gente, unos mejores, otros peores, en la sala me sentía muy solo. La depresión llegaba en algunos casos a ser tan torturante que la única forma de librarme de ella era irme a la cama, cubrirme con las mantas y llorar y llorar hasta agotar las lágrimas.

Cuando la tensión crecía y las cosas me salían mal, quería llorar, pero me faltaban las lágrimas. Había llorado hasta el máximo de mi impotencia. En cuanto a Dios, pensaba que no se preocupaba de mí, porque si lo hubiera hecho, Él me habría ayudado a ponerme bien y todavía no lo había hecho. Me estaba endureciendo mentalmente y oía los consejos y las voces de ánimo como quien oye llover.

Aunque estaba pasando una mala racha, nunca abandoné la creencia de que algún día me iba a curar totalmente, y por eso me esforzaba al máximo en mis ejercicios de recuperación.

Octubre llegó a su fin. En los dos últimos meses había estado en casa varios fines de semana. Casi siempre era mi padre quien me recogía y traía de regreso al hospital el domingo por la tarde. Cuando él no pudo hacerlo, otros, como mi hermano Bruce o mis cuñados John o Dave, siempre estaban dispuestos a hacer el viaje. Si ellos no podían ahí estaba Terry para lo que se terciara.

El lunes, después de cada fin de semana que pasaba en casa, me tocaba consulta con el equipo médico.

—Hola, Andrew —me saludó el doctor Silver al tiempo que cerraba la puerta de su oficina.

—Hola —le contesté.

Mientras hojeaba mi historial médico fue preguntando a cada jefe de departamento por mis progresos.

Primero informó el responsable de fisioterapia:

—Está progresando en todos los sentidos. Necesita poca ayuda para moverse de la cama a la silla y viceversa. Sus brazos son fuertes debido a su esfuerzo con las pesas y con el tiro con arco; también ha podido subirse a las paralelas —aquí terminó su informe.

«El siguiente, por favor», me dije a mí mismo. Y fue el jefe de Terapia Ocupacional quien informó a continuación:

—Ha mejorado en su capacidad de poder vestirse. Necesita algo de ayuda para ponerse los pantalones, calcetines y zapatos. Se lava el pelo, se cepilla los dientes y come por sí mismo muy bien. También puede escribir a máquina, siempre que sea una máquina eléctrica.

«Caramba, aquí me van a dar un sobresaliente», pensé para mis adentros.

Ahora llegó el turno a la señora Shilton:

—¿Cuántos fines de semana ha estado en casa? —le preguntó el doctor Silver.

—Exactamente cuatro, y me puse en contacto con la asistenta social, que me dijo que sus padres se habían cambiado de casa para que su adaptación a la vida diaria fuera más fácil.

Ahora era mi turno, y mientras el doctor Silver preparaba su último diagnóstico, todo el cuerpo médico recogía sus papeles y me miraba fijamente.

—Bien, Andrew, has progresado mucho. Creo que podemos fijar una fecha para tu definitiva salida del hospital y tu regreso a casa. Fijemos el veintidós del próximo mes —concretó, pero se detuvo como para admitir sugerencias—. ¿Alguna cosa?

—No sé qué decir, pero quiero dedicar un poco más tiempo al ejercicio de ponerme de pie en las paralelas y andar.

Ahora comprendía por qué me había hecho tantas preguntas sobre mi forma física actual, pero me costaba aceptar lo de ir a casa. No estaba todavía preparado. Yo quería progresar y me dije a mí mismo que sólo saldría del hospital cuando pudiera caminar.

—Puedes continuar con las paralelas hasta el día en que te demos de alta, pero debo decirte que nunca llegarás a andar de nuevo —sentenció el doctor Silver.

Le miré fijamente. Había oído las palabras, pero no las aceptaba. No niego que en los últimos meses había pensado que no había solución para mi caso, pero siempre había ahuyentado tal pensamiento de mi mente y lo había reemplazado por una fe indomable y una gran esperanza en mi futuro. Pero ahora, oír de boca del doctor Silver que no iba a andar nunca jamás, era algo que cortaba las alas de todas mis ilusiones. Mi corazón rebosaba tristeza y tuve que hacer un enorme esfuerzo para no llorar delante del equipo médico. Entonces, lleno de ira, levanté la cabeza, le miré a los ojos y protesté:

—Eso es una estupidez. Volveré a andar, aunque sea la última cosa que haga en mi vida. Entonces regresaré aquí y le daré una patada en la espinilla, sólo para demostrarle que se equivocó conmigo.

Había humillado mi cabeza mil veces en los últimos meses cuando estaba avergonzado o desesperado, pero esta vez la levanté orgullosamente y le tocó al doctor Silver bajarla.

—Muy bien, Andrew. Creo que eso es todo —terminó el doctor.

La puerta se abrió y yo empujé la silla hacia el infinito de mi desesperación, todavía pensando en lo que me habían dicho.

Llegué a la sala y Keith me preguntó al pasar junto a él:

—¿Estás bien, Andy?

—Sí, estoy bien; gracias —le contesté lacónicamente.

Me senté junto a la ventana y me puse a observar los goterones de lluvia resbalando por los cristales, y a meditar lo que el doctor Silver me había dicho. Habían robado mi ilusión, habían asesinado mi esperanza y ahora me enviaban a casa. Todo lo que acertaba a pensar del doctor Silver era que le consideraba un imbécil.

Noté que alguien me tocó en un hombro, y al darme la vuelta vi a Jane de pie a mi lado.

—¿Estás bien, Andy? —me preguntó muy solícita.

—Silver dice que debo dejar el hospital el próximo mes, y de propina me añadió que nunca jamás volveré a andar —le respondí.

—Bien, alguna vez tienes que dejar el hospital y debes aceptar tu realidad; además, dispones de un mes... Y en cuanto a su opinión de que jamás podrás caminar, tú no crees en todo lo que la gente te dice, ¿verdad? El doctor dice lo mismo a todos los enfermos. Imagínate que te hubiera dicho: estupendo, Andy, antes de fin de año podrás andar, y llega el fin de año y sigues sin poder dar un paso. ¿Qué harías? Lo más seguro es que denunciarías al hospital por falsas promesas. El doctor Silver se protege a sí mismo y al hospital y te da la oportunidad de demostrarle que se equivocó.

Lo que Jane me decía me convencía, y mientras me hablaba, me iba sintiendo más tranquilo.

—No sé si tú vas a andar otra vez —continuó—, pero ¿cuál es tu alternativa? ¿Renunciar a todo progreso y quedarte como estás? ¿Es eso lo que quieres?

Jane tenía razón. No había alternativa. Tenía que seguir luchando.

Yo era el que tenía que aguantar día a día mi silla de ruedas y perderme tantas cosas que antes del accidente me parecían normales, si no lograba mis sueños de andar de nuevo. Aquí y ahora tomé la resolución de demostrar al doctor Silver que su diagnóstico era equivocado.

Mi último mes en el hospital acababa de empezar, y lo primero que tuve que hacer fue despedirme de Keith. Le vi recoger sus cosas y me di cuenta de que se iba del hospital. Nuestros recuerdos de los últimos meses vinieron a mi memoria. Al principio Keith se mostró hostil, no quería saber nada de nadie, pero una vez que se pudo mover en su silla y empezó a trabajar en su total rehabilitación cambió de actitud. Recuerdo cuando me traía una taza de sopa a la cama y ajustaba la cuchara a mi correa de cuero. Fue él quien me indujo al vicio de las apuestas de caballos, quien me obligó a superarme en los ejercicios de las pesas, quien me ayudó a recobrar mi alegría invitándome a jugar a las cartas y al billar. También me llevó a ver películas a la sala CUATRO los miércoles, e incluso bajé a la bolera donde la gente se movía sin la ayuda de sillas de ruedas. Habíamos hablado durante muchas horas y sabía cuando Keith estaba en sus horas altas y bajas. Tanto Keith como Frank habían sido los humoristas de la sala. Los que nos daban optimismo y nos obligaban a luchar cuando nos sentíamos derrotados.

—¿Así que te vas, Keith? —le pregunté acercándome a su cama.

—Sí; mi padre está colocando mis cosas en el coche.

—Muchísima suerte, Keith. Ya tengo tu dirección y tu teléfono. Te llamaré de vez en cuando para saber cómo te va.

—Estupendo, Andy. Te llamaré en cuanto llegue a casa.

—Muy bien, Keith. Adiós. Te voy a echar de menos.

—Adiós, Andy.

Con el eco de esta última palabra me fui hacia el gimnasio.

Aquella noche, sin la presencia de Keith, la sala estaba muerta. Era raro no ver a Keith y Frank jugar en sus sillas de ruedas. Frank y yo jugamos a las cartas.

—Esto va a ser aburrido sin Keith —comenté.

—Sí, le voy a echar mucho de menos —replicó Frank.

Llegó la noche y la hora de acostarse. Ya en la cama me entretuve oyendo a mis compañeros llamarse unos a otros. La sala estaba medio iluminada por la luna llena que gozábamos aquella noche. Pronto el pensamiento de ir a casa para siempre asaltó mi mente. Tenía mucho miedo a caerme de la silla y a sufrir alguna infección de orina. Claro que estos temores no eran razón suficiente para enterrarme de por vida en un hospital. «Hay cosas que echo de menos: mis padres, Kate y el resto de mi familia, pero ¿cómo será mi futuro? ¿Qué ejercicios tendré que hacer para rehabilitarme?» Éstas eran las cosas que daban vueltas en mi cabeza hasta que al fin me dormí.

Al día siguiente, hacia media tarde, estaba concentrado en el tiro con arco cuando Peter vino a verme.

—Andy, hay dos periodistas preparando un programa para Radio-2 acerca de cómo el deporte beneficia a la gente en silla de ruedas, y me preguntan si te importaría charlar con ellos.

—Perfecto, Peter.

Peter me quitó las vendas de las manos y demás ataduras para que me quedara libre. Me acerqué a uno de los periodistas, que puso su grabadora en marcha.

—¿Por qué practicas tiro con arco? ¿Te ayuda de alguna forma? —me preguntó.

—En cuanto pude abandonar el lecho y mis brazos fueron capaces de mover la silla de ruedas, mi fisioterapeuta, Jane, me puso en contacto con este deporte, en el que puedo competir con otros inválidos como yo e incluso con gente sana y bien entrenada. ¿Que si me ayuda este deporte? Creo que de varias formas: primero me ayuda a fortalecer mis brazos y mis hombros y, segundo, me proporciona la alegría de competir de nuevo.

—¿Qué te ocurrirá cuando dejes el hospital? ¿Seguirás practicando este deporte?

—Quisiera, pero no sé si el coste del material me lo permitirá. Son cosas que tengo que decidir cuando llegue a mi casa.

—Muy bien; muchísimas gracias por tu cooperación y mucha suerte para el futuro.

—Gracias —les contesté, y regresé hacia mi sala encantado, pensando que iba a salir en la radio.

Recuerdo que iban a emitir el programa unos días más tarde, pero me olvidé totalmente de escucharlo. Felizmente, mis padres y unos pocos amigos se acordaron y pudieron escuchar mis declaraciones.

Después de la partida de Keith se produjeron algunos cambios. Llegó Salim, que venía de un lugar llamado Abu Dhabi, un puerto de Arabia Saudita. Creo que había estado al servicio de un príncipe o de algún personaje influyente como chófer, y eran ellos, o el país, los que cargaban con todos los gastos del hospital. También había como unos doce hombres de Oriente Medio, incluido un príncipe que tenía un cuarto privado en la sala UNO. A Frank le habían proporcionado una habitación en un hostal cerca del hospital, pues ya podía valerse por sí mismo. Aunque dormía en el hostal, todavía regresaba a nuestra sala a las horas de las comidas. Nuestra sala fue reorganizada para dar cabida a más pacientes. Observando la entrada de nuevos enfermos, me di cuenta de que los hospitales son como grandes cintas transportadoras. Todos ingresan seriamente enfermos, nos cuidan los médicos y las enfermeras, nos ayudan a mejorar hasta que nos dan de alta. Entonces, tan pronto como hemos vaciado nuestros casilleros y retirado las sábanas de nuestras camas, llegan otros a ocupar nuestros sitios. Así se repiten las cosas mientras haya gente que necesite los cuidados que sólo los hospitales pueden ofrecer.

Cada día que pasaba ponía mayor interés en mis ejercicios de rehabilitación; quería mejorar lo más posible antes de abandonar el hospital.

Mientras iba de un lado para otro, veía a otros pacientes que acababan de dejar la cama, que llevaban un collarín y que estaban iniciando el largo camino, la larga marcha de su curación.

También vi a otros que llevaban tanto tiempo como yo: unos, incapaces de moverse, y otros, que caminaban con la ayuda de un bastón.

Al contemplar a aquellos que dependían de alguien para todo, pensé que yo era más afortunado. Pero cuando veía que algunos andaban, sentía envidia.

El mes se terminaba y al día siguiente iba a venir mi padre para llevarme a casa definitivamente. La última noche que pasé en el hospital me dio tiempo para preguntarme si durante los siete meses de estancia me había esforzado al máximo por mejorar.

«¿Podía haber trabajado más intensamente en los diferentes ejercicios que Jane me había planificado? ¿Pudo el doctor Silver haber hecho algo más por mí durante mis primeras semanas en el hospital?

¿Y qué había pasado en estas semanas después del anuncio de que tenía que abandonar el hospital? ¿Podría haber hecho algo más para haber salido del hospital andando en vez de empujado en mi silla?» Todas estas preguntas y muchas más me daban vueltas en la cabeza, pero había una idea que me volvía siempre: «No debes arrugarte. Debes intentarlo todo». Ésta era mi gran cabezonada: llevar siempre la contraria. Siempre que me prohibían hacer una cosa, yo la hacía.

Una vez que estaba sentado en la calle con un grupo de amigos, alguien me retó: «Te apuesto a que no haces blanco en aquella madera que está entre aquellos dos ventanales con esa piedra que tienes en la mano». En cuanto terminó de enunciar el reto, me puse de pie y lancé la piedra hacia mi blanco. Desgraciadamente me ganó la apuesta. Fallé y rompí un cristal, produciendo un estampido que se oyó en toda la calle. Había otras veces que me retaban a saltar desde los andamios a los montones de arena, y a robar manzanas de los huertos por donde pasábamos camino de la escuela.

Recuerdo una aventura que supera a todas las demás: tenía dieciséis años. Me acuerdo de la edad porque disponía de moto y trabajaba en un garaje. Era todavía verano, yo estaba con Kate en su habitación oyendo música. Kate se solía poner el pijama antes de que yo me fuera. Siempre me agradaba verla vestida con su pijama rosa. Ya era de noche y yo tenía que ir a trabajar al día siguiente, así que le dije a Kate:

—Me tengo que ir, Kate.

—¿A que no te atreves a volver, escalando por el tanque de petróleo, y meterte en casa una vez que mi madre se acueste? Mi padre no regresa hasta mañana —me retó Kate.

—¡Estás bromeando! —le contesté—. Incluso si volviera tú estarías dormida.

—¿Te da miedo? —fue su contestación.

—Muy bien; volveré, pero tendrás que estar despierta.

Le di un beso de despedida y desaparecí escaleras abajo.

Al salir, di las buenas noches a su madre y a su hermana Gilliam.

Una vez que llegué a casa, dejé la moto en el jardín. El pensamiento de volver a casa de Kate y pasar la noche con ella se convirtió en mi gran tentación. Entré en mi casa e hice como si cerrara la puerta. Todos estaban acostados, así que las cosas en esta primera etapa se ponían fáciles. Hice como si fuera a acostarme, pero a la media hora, descalzo, bajaba por las escaleras camino de la calle. El miedo a que me descubrieran atenazaba mi corazón. Temí que alguien hubiera oído el leve crujido de algunos peldaños. Pero no fue así. Me puse las botas y mi cazadora de cuero tan silenciosamente como pude y abandoné la casa. No me atreví a arrancar la moto hasta que me alejé de la urbanización. Ya estaba de camino hacia la casa de Kate cuando mi moto, después de emitir una corta explosión, se paró. ¡Mierda!, me he quedado sin gasolina. Sabía que tenía poca, pero creía que era bastante para tan corto viaje. ¿Qué podía hacer ahora? Todavía me quedaban dos kilómetros. Dejé la moto detrás de un seto y me puse a andar.

Era medianoche cuando llegué a casa de Kate. Todavía había luz y el coche de su padre estaba a la puerta. «¡Qué fastidio! Ya ha regresado.» Estaba agachado junto al coche del vecino cuando la puerta de la casa se abrió de par en par y salió el señor Chorley, el padre de Kate, acompañado de Kas, su perro.

Me escondí detrás del coche mientras mi corazón latía locamente. Menos mal que lo tenía en plena forma, pues de lo contrario habría dado allí su último latido. El señor Chorley abrió el maletero del coche para sacar el equipaje, y llamó a Kas. Para entonces, Kas ya me había olido y me descubrió detrás del coche del vecino.

—Vamos, Kas —susurré las palabras sin pronunciarlas.

—Vamos, Kas, —el señor Chorley le llamó otra vez, a un metro de distancia de donde me encontraba yo. Me tapé la cara y busqué en mi mente la explicación más convincente para justificar mi presencia allí: que había perdido mi dinero por algún sitio alrededor de la casa. No era la mejor explicación, pero era la única que se me ocurría.

Increíble, pero cierto: el señor Chorley no me vio, y tanto él como el perro entraron en la casa. Lancé un profundo suspiro de alivio y me senté en el suelo sin poder creer en mi suerte.

Desde mi escondrijo vi cómo el señor Chorley apagaba la luz de la cocina y encendía la luz del cuarto de baño. En la tranquilidad de la noche oía cómo el agua iba llenando la bañera, y entonces me di cuenta de que mi encuentro con Kate era un imposible.

Sintiéndome derrotado, emprendí el camino de vuelta. Recogí mi moto y al llegar a casa me sentí profundamente defraudado. Conteniendo la respiración, entré en casa y me dejé caer en mi cama.

Eran las dos de la mañana y antes de acostarme pensé en la suerte que había tenido hacía tan sólo una hora.

Al recordar estos pasados incidentes en mi vida, me convencí de que éste era el tipo de determinación que debía mostrar ahora que el doctor Silver me había dicho que no caminaría jamás.

Tenía que ir a mi casa y demostrarle que se equivocaba.

«Me iré a casa mañana y allí encontraré a alguien o algo que me ayudará a recobrar el uso de mis piernas otra vez.» Esto es todo lo que tengo que llevarme conmigo de este hospital, y mantenerlo junto a mi corazón y creer con fe que algún día sucederá el milagro.

El ayer se había transformado en el hoy y había llegado la hora de vaciar mi armario y de decir adiós a todos los que me habían ayudado durante los siete últimos meses.

Ya me había despedido de mis amigos del departamento de Terapia Ocupacional el día anterior. Por la noche también había estado en la sala CUATRO para despedirme de Peter, recién operado. Mi padre había llegado y estaba empaquetando mis cosas. Al verle recoger los montones de cartas y postales pensé en la suerte que había tenido de recibir tanta correspondencia durante mis muchas semanas en cama, y cómo me había mantenido informado de lo que más me interesaba en la vida: mi familia y mis amigos.

Ya estaba mi padre terminando de empaquetar, cuando la señora Shilton le llamó para darle las medicinas que necesitaría hasta entrar en contacto con el médico de cabecera.

—Yo te llevaré tu maleta al coche mientras tú te despides de todos —me dijo mi padre.

Recorriendo la sala con mi silla de ruedas, dije adiós a todos los que estaban en sus camas.

—Adiós, Andy, buena suerte —me decía la gente al pasar a su lado—. Entonces sonreí y dije adiós a todo el equipo médico que estaba de servicio, incluido el doctor Silver. La emoción me agarrotaba la garganta, pero había una persona especial de la que me tenía que despedir.

Había pedido a mi madre que me comprara una caja de bombones para el personal de servicio de mi sala y lo entregué a la señora

Shilton; pero también pedí que me trajera una rosa y un jarrón de porcelana para dárselo a Jane para, de alguna forma, agradecerle lo que había hecho por mí.

Mi padre me bajó al departamento de Terapia. Llamé a la puerta y salió Jane.

—Quiero decirte adiós y darte este pequeño regalo en pobre agradecimiento por lo mucho que has hecho por mí a lo largo de los meses que he estado aquí.

—Esto es maravilloso, Andy, pero no necesitabas haberme comprado nada.

—Creí que era la mejor manera de darte las gracias.

—Soy yo la que tengo que decir gracias —y diciendo esto se inclinó y me besó en la mejilla—. Yo también tengo un obsequio para ti. Espera un minuto —entró en el departamento y salió llevando en sus brazos dos moldes de escayola y viejas vendas—. No te preocupes, Andy, todo va a ir bien, y cuando dentro de seis semanas vuelvas a revisión, nos veremos otra vez.

—Muy bien, Jane; nos veremos dentro de seis semanas.

Mi padre giró en redondo, empujó mi silla por el corredor, salimos al estacionamiento y llegamos al coche.

¡Qué extraño era todo! Aquí estaba yo camino de casa, algo que había deseado desde el primer día que llegué a Stoke Mandeville. Pero llegada la hora del adiós, había una parte dentro de mí que no quería irse. Mi padre intentó charlar conmigo, pero yo miraba por la ventanilla y los ojos se me llenaron de lágrimas.

—Vamos, Andy, todo va a ir bien —me animó mi padre—. Buscaremos a alguien que de verdad te pueda ayudar.

Me animé. Mi padre tenía razón. Tendría que existir alguien que me pudiera ayudar, y si existía yo tendría que encontrarlo.

Tres horas más tarde, en una fría y húmeda tarde de noviembre, regresamos a East Bergholt.

—¿Quieres que nos paremos en casa de Kate? —me preguntó mi padre.

—Sí, me parece bien —le contesté.

Al llegar a la casa, y tan pronto como mi padre detuvo el coche, salieron corriendo Kate y sus padres. Yo bajé la ventanilla.

—Hola, Andy —me saludó Kate; después se inclinó y me besó—. Iré a tu casa después de la cena.

—Estupendo —y por primera vez estaba contento de estar en casa.

—¿Queréis entrar? —sugirió el señor Chorley.

—No; tenemos que irnos, pues Joan nos está esperando ya —dijo mi padre.

—Hasta luego, Kate.

—¡Adiós!

Mi padre dio marcha atrás y enseguida entramos en la carretera principal. A los pocos minutos llegamos a casa, y al mirar hacia el salón vi a mamá, Jo y Lou asomadas a la ventana.

Mi padre me ayudó a salir del coche, me condujo por el sendero y me metió en casa.

—Hola, hijo. Bienvenido a casa —es todo lo que mi madre me dijo, mientras preparaba el té. Era como si nunca hubiera estado fuera de casa.

Jo y Lou ayudaron a mi padre a traer mis cosas y llevarlas directamente a mi dormitorio.

—Ven a ver tu habitación —me dijo emocionada Lou.

Lentamente empujé mi silla a lo largo del pasillo que atraviesa la casa de lado a lado, hasta llegar a mi habitación. Mi padre se había esforzado en decorarla. Había pintado las paredes de verde claro y crema y había adosado a la pared un armario blanco. Una vez que puse mis cosas en el armario le agradecí su trabajo.

—Papá, todo es maravilloso —me senté y miré por la ventana—. Por favor, Jo, ¿quieres enchufar mi casete?

—No faltaba más, Andy —y se fueron al salón.

Puse una de mis cintas favoritas en el casete y enseguida las primeras palabras de la canción llenaban mis oídos: «Es estupendo regresar a casa, es mi hogar donde quiero estar». Pensé qué afortunado era al poder estar en casa; podría estar muerto o haberme quedado inválido sin posibilidades de haber regresado jamás a casa.

16 *Tienes derecho a ser feliz*

Los primeros días en casa fueron un tiempo de prueba para mí y mi familia. Todavía necesitaba ayuda por parte de todos, sobre todo de mi padre, que se levantaba por la noche a cambiarme de postura y por las mañanas me ayudaba a levantarme y a vestirme. El acto de levantarme y de vestirme me llevaba gran parte de la mañana. El resto del día lo pasaba leyendo el periódico y viendo la televisión o charlando con mis hermanas o con algunos amigos que venían a visitarme. Kate siempre venía después de la cena.

Así viví las dos primeras semanas en casa y ya estábamos a una semana de las Navidades.

«¿Cómo serían mis primeras vacaciones en una silla de ruedas?», me pregunté.

En vísperas de Navidad todos alrededor de mí parecían ocupados en preparar las fiestas más familiares y entrañables del año. Mi padre colgó las guirnaldas. Jo y Lou decoraron el árbol de Navidad y mamá se afanaba en la cocina preparando una gran compota y los tradicionales pasteles navideños.

Mis hermanos y hermanas venían de visita con toda su prole, e indirectamente decían lo que ellos y sus hijos deseaban del Papá Noel.

Aunque yo sonreía y trataba de participar en el jolgorio general para no entristecer a mis padres, de hecho me consideraba fuera de juego. Había algo que no me dejaba integrarme en el ambiente familiar.

Todos me hacían la pregunta de rigor:

—Andy, ¿qué vas a pedir a Papá Noel?

—No os preocupéis; cualquier cosa será bienvenida —les contestaba.

Cada vez que decía estas palabras me sublevaba porque pensaba todo el tiempo en un gran regalo: el poder usar mis piernas para andar. Si este regalo fuera posible yo daría todo lo demás a una organización de caridad y a los menos afortunados que yo.

¿Podría ser satisfecho mi gran deseo? Sólo tenía un camino: sentarme y esperar. Antes de la noche de Navidad, mi madre ya me había comprado todos mi regalos para los demás y Jo me estaba ayudando a envolverlos. Como Navidad es la época del año para visitar a los amigos, tuve varios que vinieron a verme con cajas de cerveza y todo. Primero llegaron dos amigos de la urbanización: Ernie y Terry. Volvían a casa de su trabajo. Ya saben quién es Terry porque hablé acerca de él al principio del libro. Ernie era amigo íntimo desde que nos movimos de Palfrey a Broomknoll. Habíamos trabajado juntos los fines de semana mientras todavía estábamos en la escuela.

Recuerdo cómo en aquella época estaba ahorrando para comprarme una moto y cómo, levantándome muy temprano, repartía periódicos de lunes a viernes antes de ir a trabajar. Los sábados por la mañana me iba con Ernie a trabajar en la granja de Tom Goodchild desde las siete de la mañana hasta el mediodía; después me cambiaba de ropa y en mi moto me recorría siete kilómetros hasta el restaurante Little Chef, situado en la carretera principal de Ipswich a Londres. Allí trabajaba de tres a nueve de la noche, tanto en la cocina como en el comedor. Los domingos, siempre acompañado de Ernie, limpiábamos un par de coches por la mañana, y por la tarde regresábamos al restaurante para un turno en el fregadero. Fue en la granja y en el lavado de coches donde me di cuenta de qué buen trabajador era Ernie; así que cuando otros no tenían tiempo de ayudar a Ernie, yo siempre estaba libre para hacerlo.

Los dos, Terry y Ernie, me acompañaron casi toda la tarde y charlamos de nuestros viejos tiempos.

En cuanto se marcharon, llegaron otros dos compañeros del garaje donde yo trabajaba antes del accidente. Eran Les, que hacía de paquete en mis viajes de ida y vuelta al garaje, y Andy, mi tocayo, que empezó a trabajar al mismo tiempo que yo, y que se había roto los dos brazos en un accidente hacía varios meses. Ellos también trajeron sus latas de cerveza, y mientras bebíamos y charlábamos, Les me entregó un cheque diciéndome:

—Toma, Andy, esto es para ti; acéptalo, es de todos los compañeros que trabajamos en el garaje.

—Muchísimas gracias. Realmente os habéis pasado. Sois formidables.

Después charlamos acerca de nuestro querido garaje.

—Andy, tienes que venir a visitarnos a todos en Año Nuevo.

—No sé —les contesté—; será mejor esperar hasta que pueda andar, y entonces seguro que iré.

Se levantaron para irse. Les agradecí la visita y su regalo y desaparecieron por la puerta. Al mirar el cheque me emocioné pensando en toda la gente que había contribuido y en su generosidad.

Llegó la Navidad y la madrugada tan esperada por todos: la hora de abrir los regalos. Mi hermano y su mujer Jackie habían venido la noche anterior para pasar la Navidad con nosotros. Estábamos todos sentados alrededor del árbol de Navidad y con un montón de regalos a nuestro alrededor. Lou los abría con la impaciencia de quien está participando en un concurso. Mi padre era tan lento que se podía preparar un té antes de que lograra quitar el envoltorio a cualquier regalo. Yo estaba intentando quitar la cinta a mi regalo cuando Bruce vino en mi ayuda. Afortunadamente, mi familia me regaló un jersey. «Así no pasaré frío», pensé. Las Navidades se pasaron sin casi nada que reseñar, quizá sólo la noche que fui a la casa de Kate. Siempre me cayeron simpáticos los padres de Kate y sus hermanas Sue y Gilliam. Me habían visitado varias veces en el hospital y era la hora de que les devolviera la visita.

Me recibieron con los brazos abiertos. Kate me ayudó a abrir el regalo que me hacían sus padres.

—Muchas gracias —dije, mientras mantenía en mis manos otro jersey.

Entonces Kate me entregó su regalo y pensé para mis adentros: «Que no sea un jersey». No fue un jersey, sino una chaqueta de cuero.

—Gracias, Kate. Es un regalo estupendo —le dije, y la besé.

Mi padre había traído mis regalos para la familia de Kate y antes de que se fuera le pedí a Kate que los repartiera.

—¿Puedo abrir el mío? —preguntó Kate, y se puso a quitar los papeles que envolvían una televisión.

—Andy, ¡qué regalo más maravilloso!

—¿Qué es? —preguntó su madre.

—Es una televisión portátil —Kate me dio un largo beso.

—Gracias, Andy —me dijo.

Yo sabía que Kate deseaba una televisión y quise adelantarme a sus deseos. La alcoba de su hermana Gilliam estaba en la planta baja, y previendo que yo no podía todavía subir escaleras, Kate cambió de cuarto con su hermana para así poder gozar de cierta intimidad durante mis visitas. Ahora podríamos ver la televisión por la noche.

Mi padre regresó a la casa de Kate a recogerme. Las Navidades se habían terminado y no las había pasado tan mal como temía.

Al día siguiente vino Kate a nuestra casa a pasar el día. Fue el día en que todos estábamos entretenidos en quitar los adornos navideños. La operación fue rápida, pues todos sabemos que es mucho más fácil quitar las cosas que colocarlas.

La víspera del Año Nuevo, con un vaso de vino en la mano y esperando las campanadas de la medianoche, pensé: «Señor, que alguien venga, me toque y me haga recuperar el uso de mis extremidades».

Mis padres y yo brindamos por el Nuevo Año que acababa de nacer. Las primeras semanas de enero las pasé sentado casi todo el tiempo y me di cuenta de que sin ejercicio mi cuerpo se iba anquilosando. Pedí a mi padre que me comprara un colchón de espuma para empezar a realizar ejercicios de recuperación por mi cuenta. Una vez lavado, vestido y desayunado, mis padres me ayudaban a pasar de la silla a la colchoneta.

Una vez encima de la colchoneta, me tumbaba, sentaba, rodaba sobre ella intentando ganar en flexibilidad. El ejercicio duraba una hora. Al acabar, mis padres me sentaban en la silla.

Aunque el ejercicio no duraba mucho, era un comienzo y la prueba de que todavía no me daba por vencido.

Hacía varias semanas que perseveraba en mis ejercicios cuando mi padre vino con la historia de un señor de Ipswich. Era muy entendido en rehabilitación y en huesos. Mucha gente decía que hacía curas milagrosas.

—Una señora, que siempre acude a él cuando se le lesiona la espalda, me ha sugerido que te lleve a su casa. ¿Qué piensas?

—¿Por qué no? No tengo nada que perder y mucho que ganar.

Mi padre llamó por teléfono y concertó una cita para la siguiente semana. Yo, que estaba escuchando, oí a mi padre cómo le explicaba mi situación al señor Parker.

Cuando mi padre colgó el teléfono, le pregunté lo que le había dicho el especialista.

—Después de contarle tu accidente y tu estancia en el hospital de Stoke Mandeville, me dijo que te llevara el jueves por la tarde y vería lo que podía hacer.

Los días siguientes se pasaron volando, pues esperaba la cita con el señor Parker con auténtica ansiedad; estaba seguro de que él iba a ser la persona que me iba a enseñar a caminar otra vez.

Llegó por fin el gran día, y al tiempo que nos paramos junto a su casa, pude ver una placa pequeña sobre la pared de la entrada, muy similar a la placa que los médicos colocan junto a sus consultas.

Salió mi padre del coche, subió un par de escaleras y llamó al timbre. Un hombre con una bata blanca, igualita a la que usan los dentistas, salió a la puerta.

Yo me divertí pensando para mis adentros: «He venido a que me curen el cuello, no la dentadura».

Enseguida el hombre de blanco y mi padre se acercaron al coche.

El señor Parker abrió la puerta del coche y se inclinó.

—Hola, Andy. Soy Parker. Creo que la mejor forma de entrar en mi despacho es llevándote en brazos. ¿Listo?

Me cogió en brazos como a un niño y me metió en su casa. Entramos en una habitación que pienso que era el salón. Allí me colocó en una camilla. Se sentó junto a mí y me preguntó cómo fue el accidente, cuánto tiempo había estado en el hospital y cuánto tiempo hacía que estaba en casa. Luego empezó a examinarme las piernas y comprobar si los dedos de mis pies tenían alguna sensibilidad. Después pasó a examinar mi cabeza.

—Ahora voy a ver tu cuello —me dijo—. No te preocupes.

—Debo decirle que odio que me toquen el cuello, pues después de haberlo tenido roto sería trágico que se me rompiera otra vez.

El señor Parker frotó suavemente mi cuello y de vez en cuando intentaba localizar las vértebras.

—Muy bien, Andy, gracias. Ahora te voy a llevar a tu coche —me cogió en brazos, salimos de la casa, me depositó en la parte delantera del coche—. Ahora voy a hablar con tu padre —cerró la puerta del coche y regresó a su oficina.

«Seguro que le está diciendo a mi padre que no hay nada que hacer», pensé al tiempo que miraba las cosas que me rodeaban.

Se abrió la puerta y pude ver a mi padre sonriendo al tiempo que estrechaba la mano del señor Parker y se despedía de él.

«¡Dios mío, que las noticias sean buenas!» Durante unos minutos no me atreví a preguntar a mi padre. Fue al llegar a la carretera principal cuando lo hice:

—¿Qué te dijo, papá? ¿Podrá hacer algo por mí? Hice las preguntas como no queriendo escuchar las contestaciones.

—Bien; me dijo que si al examinar tu cuello hubiera encontrado alguna protuberancia en las vértebras que te lesionaste, habría perdido toda esperanza, porque eso significaría que tu espina dorsal estaba inutilizada y tus nervios serían como raíces secas. Pero cree que tu espina dorsal está bien. No ha apreciado ninguna anomalía y cree que podrás andar dentro de dos años.

Aquellas palabras fueron la música más maravillosa que jamás escucharon mis oídos. No podía creerlo. Por fin, había encontrado a alguien que creía que yo podía andar otra vez. Me pregunté si estaba viviendo un sueño y si era cierto lo que mi padre acababa de decirme. Pero me bastó una mirada para comprender que sí lo era. Mi padre rebosaba felicidad; si le hubieran regalado cien millones no se habría sentido tan feliz.

Cuando llegamos a casa fue mi padre el encargado de dar la buena noticia a mi madre y a toda la familia. Después de secarnos las lágrimas nos vimos libres de un peso insoportable que gravitaba sobre todos nosotros. Ahora podíamos mirar al futuro con confianza y sin tristeza.

Nuestras visitas al señor Parker se convirtieron en una rutina más en nuestra vida. Cuando fuimos la segunda semana, me transportó a su comedor, donde había colocado un colchón encima de la mesa y me depositó en él. Me explicó que sus pacientes generalmente bajaban al sótano de la casa, pero que siendo difícil llevarme allí, pensó que el mejor sitio sería el comedor. Fuimos intimando, y por lo que me contaba, deduje que había servido en la fuerza aérea, que había sido instructor de pilotos y formado parte del grupo de gimnasia acrobática. Parece que en una de sus muchas exhibiciones tuvo un grave accidente: alguien colocó la colchoneta fuera de su sitio y el primer hombre del equipo no pudo aterrizar sobre la colchoneta y los demás aterrizaron unos encima de los otros.

El señor Parker sufrió fractura de varias vértebras y estuvo paralizado durante varias semanas. Así que por su propia experiencia sabía lo mal que lo estaba pasando yo. Antes de terminar los ejercicios de rehabilitación me colocaba sobre el estómago y me obligaba a realizar unas cuantas flexiones, me golpeaba las piernas y me instaba a que las doblase hasta tocar mis posaderas con los talones. Después, dándome la vuelta, me obligaba a que me sentara estirando los brazos hacia arriba. Para terminar tenía que concentrarme en mis piernas y pies mientras el señor Parker me los movía.

—Esto es lo que quiero que hagas todos los días. Emplea una hora al día, ¿entiendes, Andy? —dicho esto me levantaba de la mesa del comedor y me llevaba al coche.

—Gracias, señor Parker. Conseguiré andar —le aseguraba. Había estado en el improvisado gimnasio del señor Parker media hora y me sentía totalmente agotado.

Con el paso del tiempo iba progresando a ojos vista. Cada día me superaba en las flexiones y en alcanzar mis pies con las manos, pero todos mis sueños quedaban pulverizados cuando las piernas no me obedecían.

Con todo, nunca renuncié al esfuerzo, y todos los días después del desayuno, hasta la hora de la comida, repetía y repetía los ejercicios ordenados por el señor Parker.

También había conseguido por cortesía de mi antiguo hospital el aparato que me ayudaba a permanecer de pie, siempre que alguien me ayudara a colocarme y salir de él. Así que ya estaba trabajando a tope después de aquellas primeras semanas en casa en que no hice prácticamente nada.

El ejercicio me hacía mucho bien y casi toda mi vida estaba polarizada hacia mi gran deseo de poder algún día caminar. Era mi gran apuesta con la vida. Ésta era mi primera meta a conseguir; luego vendrían otras. Y finalmente, ser como los demás, como el señor

Parker. Entonces, sólo entonces, tendría derecho a unas vacaciones. De momento debía ganármelas.

Mi vida iba mejorando en la proporción de mi entrega a mi pronta recuperación. Mi vida social era casi inexistente. Algunos, según me enteré, sentían gran pena al verme sentado en una silla de ruedas. «Realmente, ¿por qué se tienen que apenar?», pensé. No son ellos los que tienen que sufrir mi desgracia. Seamos sinceros: no por estar sentado en una silla me habían crecido dos cabezas o me había convertido en un monstruo. Realmente no puedo moverme todo lo que quisiera, ni puedo divertirme como los demás, pero sí puedo mantener una conversación, jugar a las cartas, beber algo fuerte e incluso ventosear si he comido alubias para cenar. No, definitivamente no era diferente. Lo único que me diferenciaba de los demás era mi silla. La mía tiene ruedas y las suyas patas.

Cuando algún amigo venía a visitarme, me daba cuenta de que siempre evitaba temas de locomoción, y cuando les hablaba de mis posibilidades de montarme de nuevo en mi vieja moto e incluso jugar al fútbol, veía cómo la incredulidad se reflejaba en sus rostros. No me quejo de que mis amigos no vinieran a visitarme a menudo, porque cuando ellos me invitaban a salir, siempre les decía: «Gracias; todavía no». Porque, la verdad sea dicha, me molestaba la curiosidad de la gente que solía concentrar su atención en mí en cuanto llegaba a un bar o a un club. Y no puedo quejarme, pues yo habría hecho lo mismo. Aunque no me visitaban muchos amigos, sí había conservado mis mejores amistades: Chris, Terry y sus hijos, Jackie y Darren; por eso hacía lo posible por visitarlos una vez por semana. Allí nos sentábamos y charlábamos. Me sentía muy cómodo con ellos porque me trataban sin complejos ni temores. Estaba Jane, la novia de mi amigo Kim; mejor dicho, ex novia, pues hacía un mes que no salían. Dada esta triste circunstancia, Jane me preguntó si me importaba que siguiera viniendo cada quince días a visitarme.

Jane vino cada dos sábados sin falta. Imposible mayor lealtad. Yo admiraba este gesto de amistad de esta chica tan guapa, y que era capaz de renunciar a dos sábados al mes por venir a visitarme. No me quejaba; todo lo contrario: esperaba con impaciencia su visita.

Otros amigos íntimos eran toda la familia de Kate, que siempre se habían portado estupendamente conmigo. Aunque mis relaciones con Kate se habían enfriado un tanto. Estábamos en mayo de 1978. En enero había regresado a mi antiguo hospital de Stoke Mandeville para una revisión médica, y en ese mismo mes empecé a ir a casa del señor Parker. Aquella temporada Kate venía a mi casa todas las noches. En marzo cumplí dieciocho años y Kate me regaló un reloj. Con la llegada de la primavera, Kate empezó a frecuentar las discotecas por las noches.

Aunque seguíamos comprometidos, yo no podía prohibir a Kate salir por las noches. En vez de entristecerme intenté imaginarme qué habría hecho si yo tuviera diecisiete años y estuviera perfectamente bien. Seguro que saldría a divertirme antes que quedarme con alguien sencillamente aburrido. El hecho era que siempre que Kate salía iba acompañada por otros jóvenes. Aunque esto me afectaba un poco, prefería no oír nada y consolarme pensando que todavía ocupaba un sitio en su corazón.

Era mayo y un domingo muy especial para nuestra ciudad. Nuestro equipo de fútbol había ganado la copa. La ciudad de Ipswich estaba celebrando el triunfo desde las primeras horas de la mañana. El equipo campeón iba a desfilar por la ciudad camino del Ayuntamiento. Kate me había prometido venir por la tarde, pero no apareció.

Estaba viendo en la televisión la recepción del equipo en el Ayuntamiento, cuando una de las cámaras tomó una vista general de la multitud y vi en primer plano a Kate sentada en los hombros de un chico. No pude aguantar la visión de tal escena. Fue como si alguien te arrancara algo que te pertenece.

Apagué la televisión, giré la silla en redondo y me fui a mi habitación, donde me podía sentar tranquilamente y pensar en mis desgracias. Kate y yo nos habíamos visto poco en las dos últimas semanas, y así no podíamos seguir. Tendríamos que hablar en serio acerca de nuestro futuro. Aquella misma noche llamé a Kate por teléfono.

—Qué tal, Kate. ¿Cómo has pasado esta tarde, querida? —le dije en cuanto cogió el teléfono.

—Estupendamente —me respondió.

—Kate, ¿puedo verte y charlar contigo?

—Por supuesto, Andy; ven mañana por la noche.

Al día siguiente, al despertarme, no podía acordarme de lo que tenía que hacer durante el día porque mi entrevista con Kate por la noche ocupaba todo mi pensamiento.

Por la noche, y después de la cena, mi padre me llevó a casa de Kate. Allí, después de saludarnos, nos fuimos directamente a su habitación. Kate se sentó en la cama y se entretuvo en jugar con un frasco de pinturas de uñas que tenía entre las manos.

Yo me entretenía con un encendedor. Hablábamos de muchas cosas como evitando el tema que nos iba a enfrentar.

Al final decidí pegarme el porrazo.

—Bien, Kate; creo que todo ha terminado entre nosotros —le dije en tono serio. Hubo un corto silencio que a los dos nos pareció una eternidad.

—No necesariamente —contestó Kate sin levantar la vista del frasco que tenía entre las manos.

—No, Kate; lo comprendo todo. Tú eres joven y bonita y te gusta salir y divertirte. Tenemos que dejar lo nuestro.

—No digas eso, Andy. Yo te amo. No debemos romper nuestro compromiso. Sería una desgracia para mí —y las lágrimas rodaron por sus mejillas.

—No llores, Kate; no me hagas llorar a mí también —le dije.

Después se produjo un largo y tenso silencio.

—Bueno, creo que me debo ir —dije finalmente.

—Muy bien, pero si rompemos nuestro compromiso, nos seguiremos viendo, ¿verdad? —me preguntó.

—No, ya no habrá razón para vernos; a tu nuevo amigo no le gustaría —le repliqué.

—Andy, no podría soportar no verte. Te quiero.

Era como si alguien hubiera abierto las compuertas de sus ojos: las lágrimas le saltaron a borbotones y rodaron en cataratas por sus mejillas. Se levantó, se sentó en mis piernas y me abrazó. Apoyó su rostro mojado en el mío y dijo:

—No importa lo que digan los demás, yo quiero visitarte.

La tensión había sido muy fuerte y las lágrimas también se asomaron a mis ojos.

—Estupendo, Kate, nos seguiremos viendo.

Nos secamos las lágrimas, nos miramos y sonreímos.

—Si alguien nos viera ahora pensaría que salimos de un funeral.

Esas pocas palabras le hicieron sonreír.

—Mira, Andy, sinceramente, a todos los muchachos con quienes salgo les hablo de ti, y si no les gusta nuestra amistad, rompo con ellos.

Seguíamos sentados, pero nuestra conversación ya se había agotado. Después de fumar cuatro o cinco cigarrillos, Kate me dijo:

—¿Quieres que te devuelva mi anillo?

—No, guárdalo; a mí no me sirve para nada —le contesté.

—Tú no te rendirás en el camino de tu total recuperación, ¿verdad? —me preguntó.

—No, jamás. Nunca jamás me rendiré —le aseguré.

—Yo quiero que puedas andar, es lo que más quiero en este mundo. Por favor, inténtalo por mí, y si ahora rompemos nuestro compromiso, yo seguiré amándote y quiero que un día nos casemos. Confío que esta conversación te haga poner más empeño aún en tu rehabilitación.

Y sentado en mi silla pensaba en lo que ella acababa de decir, y tenía razón: «Si ganaba mi batalla, la gànaba a ella, pero si la perdía, lo perdía todo».

17 *Arrastrándome*

YA habían pasado dos o tres semanas desde aquella larga conversación en la habitación de Kate, y ni nos habíamos visitado ni telefoneado.

Una tarde sonó el teléfono y era ella.

—¿Te parece bien que vaya a verte, Andy?

—Sí, cómo no. Me encantaría verte —le contesté.

Vino y nos pasamos charlando el resto de la tarde. Al despedirnos, nos besamos. Parece que ya habíamos hecho las paces. Habrá gente que no entenderá por qué yo todavía quería verla. Tenía muchas razones. La principal era el hecho de que Kate había ido a visitarme semanalmente durante los tres primeros meses que estuve en el hospital, y esto me había animado a querer seguir viviendo. Por esa razón siempre le estaría agradecido.

Cada vez que la veía me convencía de que debía intentarlo todo por ella. Además, siempre nos habíamos llevado bien y nuestros pensamientos estaban como sincronizados. Nos teníamos total confianza. Creo que siempre habrá una parte de mí que ame a Kate, bien por su propia personalidad o bien por lo que hizo por mí en aquellos meses difíciles.

Ya a mediados de verano, con la ayuda del señor Parker y mi propio esfuerzo, había logrado que mi cuerpo rodara, hiciera un giro completo. Cosa trivial para el lector, pero muy importante para mí. Mi padre ya no necesitaba levantarse a medianoche a darme la vuelta y a cambiarme de postura.

Ya me había liberado de los almohadones y de la bolsa de la orina. En su lugar utilizaba una botella sólo por la noche. No había utilizado pijama desde el accidente. Cuando estaba en la cama desnudo y estiraba todos mis miembros, me sentía perfectamente bien. A menudo soñaba que por la mañana, al despertarme, me sentaba en la cama y me iba por mi propio pie al servicio, como lo había hecho durante toda mi vida. Desgraciadamente el sueño se desvanecía cada mañana, pero lo que nunca se iba a desvanecer iba a ser mi esperanza en el futuro. Cuando el tiempo era caluroso, me movía por el jardín y dejaba que el sol tostara mi piel. Mientras el sol acariciaba mi cuerpo, mi mente recordaba veranos felices. Era increíble lo bien que me acordaba de aquellos años dichosos de mi infancia cuando toda la familia iba a la playa o cuando tenía trece años y asistía a la escuela de verano.

Me acuerdo lo bien que trabajé en bachillerato durante mis dos primeros años. El tercero fue un desastre. No quería hacer los deberes porque pensaba que tenía cosas más importantes en que invertir mi tiempo: las chicas, el club y las motos.

Un amigo y yo compramos una moto pequeña para los dos y nos entrenábamos en un camino de tierra cercano a nuestra casa. La moto nos trajo como recompensa la atención y la presencia de las chicas más guapas del barrio. Aquellos veranos entre los trece y los quince fueron los mejores de mi vida. Nos perdíamos por los campos intentando batir nuevos récords de velocidad, hasta que agotábamos la última gota de gasolina. Entonces teníamos que empujar la moto hasta nuestra casa. Mi padres se iban a la playa para todo el día, así que cuando volvíamos de nuestros entrenamientos entrábamos en casa con todos los amigos y amigas. Había dos chicas que me caían bien: una era Kate y la otra... Bien, es mejor dejarla en el anonimato. Durante aquellos veranos tenía la suerte de encontrarme en compañía de la una o de la otra, lo cual era estupendo.

El hecho de sentarme en el jardín me traía muchos recuerdos de mis días de estudiante. En contra de lo que sucede a otra gente, a mí me gustaba la escuela, aunque a menudo era reprendido por fumar y por mi estilo anárquico. Pero de las muchas torpezas que cometí nadie puede acusarme de haberlo hecho para fastidiar a alguien. Tuve la suerte de llevarme bien con todos, de ser amigo de todos y de que algunos envidiaran mi personalidad.

«Tú no puedes dar gusto a todos», ése era mi eslogan. Yo siempre escogía mis amigos entre compañeros uno o dos años mayores que yo. Ahora, en la soledad de mi jardín, pienso qué será de ellos.

Recuerdo a Fred, que salía con mi hermana Jo. Terry y Kim, de quienes no tengo noticias desde hace un par de meses. Recuerdo a Lee, Roger, Phil y los gemelos, quienes estaban un curso superior al mío. Qué decir de mis compañeros de curso Howard, Mervin, Ossie, Whip, Bob, Nigel, Bugs, Chicken, Doorkarb, Adrian, Ernie, William y muchos más. Habíamos seguido caminos diferentes una vez que abandonamos la escuela, lo cual es inevitable, lo comprendo, pero de verdad me gustaría saber qué estarían haciendo ahora mientras yo me sentaba al sol en mi jardín.

Durante los meses de verano no solamente gocé del jardín, sino que también fui al club La Grange, acompañado de Fred y Jo. Aunque todos mis amigos venían a saludarme y a charlar conmigo, me sentía cohibido. Cuando volví a casa, la sensación de ser diferente, de no poder jugar al billar y no ser como los demás me desmoralizaba. Estas razones me servían para espolearme e intentar ser pronto como los demás. El verano se nos fue y llegaron los días fríos y húmedos. Mi vida era pura rutina: desayuno, ejercicios sobre una colchoneta durante dos horas, comida, regreso a mi habitación para ejercitar mis piernas durante una hora, cena, y eso era todo para el día, al menos que saliera a visitar a algún amigo al anochecer.

Pasaron los días, los meses y llegó Navidad otra vez. Este año no me quedé en casa: salí con mi hermano al bar. Allí nos encontramos con mi padre y con nuestro buen amigo Terry. Fuimos a otro bar y después a otro. Brindamos por una feliz Navidad y, faltando un cuarto de hora para la medianoche, regresamos a casa a recoger a Jackie, la mujer de Bruce, a mi madre y a Lou. Mientras tanto, Terry también se fue a casa a recoger a Chris y a sus hijos Jackie y Darren.

Todos nos citamos en la iglesia de la urbanización, ya que teníamos planeado asistir a la misa del gallo. Una vez dentro de la pequeña iglesia el olor a cera derretida nos inundó los pulmones, y es que la iglesia estaba iluminada por cientos de velas. Cantamos algunos himnos, villancicos y rezamos por los menos afortunados que nosotros; a la una en punto salíamos de la iglesia deseándonos unas muy felices navidades.

Mis padres invitaron a Chris y Terry a nuestra casa para el brindis familiar y para probar nuestras riquísimas salchichas en hojaldre. La reunión duró hasta las dos y media de la mañana. Entonces Chris y Terry se despidieron para irse a su casa. Antes de salir me desearon una feliz Navidad. Chris me besó primero, luego Jackie, pero al besarme me di cuenta de que ya no era una niña, sino una atractiva jovencita.

Nosotros fuimos a visitar a Terry y Chris durante el período navideño, así como a Kate y a su familia.

Kate y yo todavía nos apreciábamos, y por Navidad intercambiábamos regalos. Navidad vino, se fue, igual que el año anterior, pero con una diferencia: este año pude abrir los regalos por mí mismo.

Ahora nos estábamos acercando a un año nuevo, y con la ayuda del señor Parker éste sería el año en que yo andaría de nuevo.

El señor Parker ideó nuevas formas para ayudarme y para conseguir que mis extremidades inferiores se pusieran en movimiento. En vez de hacer ejercicios por la mañana tenía que liberarme de mi silla de ruedas inmediatamente después del desayuno y olvidarme de ella hasta la cena. Tenía que arrastrarme por la casa ayudado por mis manos y rodillas. Aunque durante el año había trabajado mis ejercicios con intensidad, éstos no me servían en mi intento de arrastrarme por el suelo.

Al principio sólo podía moverme unos pocos metros. Mis brazos perdían toda su fuerza y yo quedaba en el suelo hecho un ovillo.

Arrastrarme por el suelo no era nada fácil. Primero me ponía a cuatro patas y, apoyándome un poco sobre una rodilla, tenía que mover la cadera contraria hacia delante y con este movimiento mi rodilla podía avanzar unos pocos centímetros. Luego tenía que cargar mi peso sobre esa rodilla y mover la otra cadera hacia delante, y así sucesivamente. Así era cómo me las arreglaba para moverme por el salón. Tardé varias semanas en conseguir desplazarme de un tirón desde mi habitación hasta el salón y vuelta.

Después de las primeras semanas me di cuenta de que mis rodillas estaban llevando la peor parte. Primero la piel se enrojeció, después se agrietó y más tarde aparecieron las primeras llagas. Tuve que renunciar a mis ejercicios de arrastrarme hasta que se curaran las heridas.

Entre tanto seguí practicando mis antiguos ejercicios hasta que mis heridas se curaron. Mi padre sugirió comprarme unas rodilleras para colocarlas debajo de mis vaqueros y así prevenir nuevas heridas. Así que, provisto de rodilleras, empecé a arrastrarme de nuevo. Iba de mi habitación al salón y viceversa varias veces hasta que mis brazos ya no podían más. Pero ni el dinero ni el amor eran capaces de estimular mis brazos una vez que se agotaban. Este nuevo ejercicio de terapia me dejaba totalmente agotado para el resto del día, y te puedes imaginar el esfuerzo que hacía para mantener los ojos abiertos después de la cena.

A fuerza de arrastrarme durante días, semanas e incluso meses logré hacerlo con alguna rapidez. El señor Parker me ordenó que después de llegar al fin del pasillo y entrar en el salón tenía que apoyarme en un sillón y hacer diez flexiones; después, dejar el sillón, bajar al suelo y reptar hasta mi habitación; una vez allí debía subirme a la cama. De la cama debía pasar a la silla de ruedas y concluir con diez flexiones. Este difícil y agotador ejercicio lo tenía que repetir diez veces.

No protesté y obedecí en todo. Me encaminaba a rastras hacia el salón; sólo me detenía para descansar un poco; cuando lo hacía, al respirar, sentía el polvo de las alfombras y me daban arcadas.

Yo me interrogaba a mí mismo: «¿Merece la pena arrastrarse así día tras día?» La respuesta era siempre la misma: «Naturalmente que sí: si éste es el único camino hacia mi recuperación, debo seguir esforzándome».

No todo iba a ser arrastrarme, así que el señor Parker me llevó a nadar a la piscina de un amigo suyo que también había sido su cliente. Nos paramos en el patio de la granja donde vivía aquel señor. En el mismo momento en que yo salía del coche, vino a presentarse.

—¡Hola! Me llamo Hugh —me dijo, y sentado en su silla de ruedas me miraba con la misma curiosidad que yo le miraba a él.

—¡Hola! Soy Andy —le contesté—, y gracias por dejarme venir a usar tu piscina.

—Vamos, te indicaré el camino y déjate de cortesías —me dijo.

Entonces el señor Parker, mi padre y yo seguimos a Hugh a través de un sendero que conducía a un edificio situado detrás de la granja. Nada más entrar vimos una pequeña sala con un banco de carpintero cubierto por una colchoneta donde Hugh realizaba sus ejercicios de recuperación. En un rincón de la misma sala había unas paralelas. Hugh abrió otra puerta y allí estaba la piscina con la pared del fondo cubierta por un gigantesco espejo.

El señor Parker y Hugh esperaron mientras mi padre me ayudaba a cambiarme. El señor Parker llevaba puesto el bañador y ayudó a mi padre a levantarme de la silla y a sentarme en el borde de la piscina.

El señor Parker se metió en la piscina y me ayudó a hacer lo mismo. Estábamos en la parte menos profunda de la piscina y el señor Parker quería que me mantuviera de pie y diera un par de pasos.

—Así, muy bien —me animó.

No sé si di un paso o dos, pero si realmente no lo hice, no fue por falta de esfuerzo. Luego me dijo:

—¿Qué te parece si nadas un poco?

—Encantado, para eso estoy aquí. La última vez que nadé fue en el hospital, y de eso hace ya dieciocho meses.

El señor Parker me tumbó sobre la espalda, y al mover los brazos en la forma que Jane me había enseñado, me di cuenta de que todavía podía nadar.

—Sigue así —me insistía el señor Parker—, sigue nadando, yo nadaré a tu lado. Iremos hasta el espejo y volveremos.

Fui con la cabeza hacia atrás y los brazos trabajando bien, pero al llegar al final de la piscina mis brazos ya no respondían.

—Tengo que descansar —grité.

—Mira encima de ti. ¿Ves esa soga con un nudo en su extremo? Alcánzala y sujétate a ella si quieres tener un descanso —fue la dura contestación del señor Parker.

Intenté agarrarme a la soga, pero fallé en el primer intento y me hundí tragando un poco de agua. En mi segundo intento logré asir la soga y pensé que de ella pendía mi vida; mientras tanto seguía en el agua medio flotando, medio suspendido de la soga, hasta que llegó junto a mí el señor Parker. Tras un corto silencio, me ordenó:

—Bueno, ya es hora de que intentes regresar.

No tenía confianza en mí mismo ni seguridad de poder llegar hasta el otro extremo, por eso me costaba soltar la soga.

—No puedo dejar la soga porque no tengo fuerza para llegar hasta el otro extremo de la piscina —grité con todas mis fuerzas.

—Bien, si no sueltas la soga te quedarás colgado ahí durante todo el día —me gritó el señor Parker.

—No tenía otra alternativa, así que, inspirando profundamente, empecé a nadar. Empecé bien, pero mis brazos se negaban a seguir, los dejé caer y me hundí. Tragué mucha agua y esta vez no tenía ninguna soga salvadora y me entró pánico de ahogarme. Inmediatamente sentí que alguien me sacaba a flote; tan pronto como mi cabeza emergió, empecé a arrojar agua por la boca.

—Bien, Andy, ya te ayudo —me dijo el señor Parker, y nadamos los dos juntos hasta donde estaba la soga. Llegué sin aliento y aterrorizado.

—Ya está bien por hoy —me dijo mi entrenador, y me sacó de la piscina en sus fuertes brazos.

Mi padre me ayudó a sentarme en mi silla. El señor Parker fue a cambiarse y regresó acompañado de Hugh.

—Estuviste muy bien, Andy —me dijeron los dos a coro.

—Gracias, pero hubo un momento en que creí que me ahogaba —respondí.

Todos se rieron de mi salida, incluso mi padre, que me ayudó a vestirme mientras el señor Parker me decía:

—Ahora te das cuenta de que tienes que fortalecerte. Hugh, demuéstrale lo que le quiero decir.

Hugh giró su silla, fue derecho a las paralelas, y sin dejar que sus pies tocaran el suelo, recorrió toda la largura de las paralelas apoyándose solamente en los brazos.

—Eso es lo que tienes que conseguir muy pronto —insistió el señor Parker, mientras Hugh se volvía a sentar en su silla.

Mi visita a la granja de Hugh fue un descubrimiento, y de camino a casa me convencí de que tenía que intensificar mis entrenamientos.

18 *Hipnotismo*

JAMÁS volví a la piscina de Hugh: estaba a treinta kilómetros de mi casa y el señor Parker no disponía de tiempo para acompañarme. De momento todos los ejercicios de natación quedaban suspendidos. En casa seguía fielmente mis ejercicios de recuperación, incluido el arrastrarme, pero aunque había ganado en fortaleza, el movimiento no volvía a mis paralizados músculos.

Era miércoles y estaba tumbado en el colchón de espuma que el señor Parker colocaba encima de la mesa del comedor. Me estaba sometiendo a una vigorosa sesión de masaje. Después de dieciocho meses de concentrarme en mis ejercicios de cuello, podía moverlo en cualquier posición imaginable, excepto, como es natural, girarlo más de 180 grados. Por eso había perdido el miedo a rompérmelo otra vez.

Al terminar su trabajo el señor Parker acercó una silla para charlar conmigo.

—No entiendo por qué todavía no te puedes mover —me dijo en tono pesimista—. Tu cuello está perfectamente. Mi diagnóstico es que tienes algún tipo de bloqueo.

Levanté la cabeza y le miré de frente:

—No hay nadie que desee andar más que lo deseo yo —protesté.

—No, no hay un bloqueo consciente, pero inconscientemente tu cerebro teme dejarte andar, influido por la última impresión que guarda del accidente o porque te sugiere: «No queremos caminar más para no tener que madrugar, ir al trabajo, luchar por la supervivencia, etcétera».

Lo que me decía el señor Parker me parecía posible.

—Bien, ¿y qué puedo hacer para cambiar la forma de pensar de mi subconsciente? —le pregunté.

—He estado pensando sobre ese tema —me contestó—. ¿Qué te parece si intentamos un hipnotizador para que, durmiéndote, pueda hablar a tu subconsciente? También, mientras estés bajo su influencia, él puede ordenar a tus piernas que se muevan y así podremos saber si al final es tu mente la que te impide andar o hay otra causa.

—Ensayaré cualquier cosa con tal de andar otra vez —repliqué.

—Muy bien; intentaré ponerme al habla con alguien para poder verle la próxima semana.

Cuando volví a la semana siguiente, el señor Parker me dijo que no había podido encontrar a nadie. Lo extraño es que si hubiera querido dejar de fumar o perder peso, sí que habría conseguido a alguien que me ayudara. Pero en mi caso, mucho más necesario, nadie se comprometía a hacerlo. Intentó buscar a alguien para la semana siguiente, haciendo varias llamadas telefónicas, e incluso llamó a Harley Street, en Londres, pero sin resultado.

Cuando volví la semana siguiente me dijo que había comprado un libro y que iba a aprender cómo practicar el arte de hipnotizar.

Me había preparado una cinta para que la escuchara en casa. Tenía que escucharla todas las mañanas antes de iniciar mis ejercicios. Aquello no tenía nada de hipnotización: servía para relajar mi mente y así poder escuchar las palabras de ánimo del señor Parker.

Me llevé la cinta a casa. Al día siguiente, mientras permanecía tumbado en la cama, conecté la grabadora, me coloqué los auriculares y empecé a escuchar al señor Parker que me decía:

—Reposa relajadamente e imagínate tu cuerpo entero, desde la cabeza a los pies. Envía mensajes a todo tu cuerpo y obliga a todos tus músculos, extremidades y ligamentos a dar una respuesta positiva.

Después, el señor Parker me convencía de que el accidente no fue culpa mía, que lo mismo podía haberle ocurrido a cualquier otra persona, y que si me curaba, nunca me volvería a ocurrir otro accidente como aquél. Una señal especial indicaba el final del discurso del señor Parker.

Todas las mañanas escuchaba la cinta. Lo hacía antes de empezar los ejercicios. Me ayudaba a condicionar mi mente y a superarme en todo.

Habían pasado varias semanas y seguía perseverante en todos mis ejercicios, máxime con la ayuda extra que recibía de la cinta del señor Parker.

Por fin, un miércoles, me dio la gran noticia: había encontrado un hipnotizador.

—¡Maravilloso! ¿De dónde es? —le pregunté.

—Eso es lo interesante. He estado llamando a Londres, Cambridge, Oxford y otros sitios sin ninguna suerte. Entonces leí los periódicos locales y di con el siguiente anuncio: «Hipnotizador capaz de ayudarte a dejar de fumar y a perder peso», y pensé: ¿Por qué no le llamo? Quizá me diga que no. Pero cuando le expliqué tu caso aceptó de mil amores. «Muy bien; diga al muchacho que me llame y así podremos concertar una visita.»

«Finalmente —pensé—, este hombre puede obligar a mi cerebro a enviar mensajes de mis millones de nervios a todo mi cuerpo y hacerles trabajar.»

Aquella tarde, nada más llegar a casa, telefoneé al hipnotizador, un tal señor Howorth, y concertamos una entrevista para el viernes por la tarde.

Los dos días anteriores a la entrevista se pasaron volando. El viernes por la tarde mi padre aparcaba el coche frente a la casa del señor Howorth. Llamamos a la puerta y un hombre mayor salió a recibirnos.

—Hola —saludó—. Tú debes de ser Andrew. Entra, por favor.

Mi padre me levantó a mí y a mi silla para superar los dos escalones de la entrada y me empujó por un corto pasillo hasta llegar a una sala pequeña.

El señor Howorth nos dijo que no vivía en la casa; tenía alquilada solamente la primera planta de lunes a viernes. Una vez sentado, comenzó con el cuestionario de costumbre: cuándo había sufrido el accidente y cuánto tiempo había estado en el hospital. Entonces me dijo lo que él y el señor Parker habían hablado por teléfono.

—Bien; siéntate en esta silla y relájate.

En realidad era una silla-cama comodísima y que podía girar y adaptarse a muchas posiciones. Me tumbé en la silla y me sentí totalmente relajado.

—Señor Tricker, si no le importa sentarse en la otra sala, se lo agradecería. Así Andrew estará más relajado.

Una vez que mi padre cerró la puerta de la sala, el señor Howorth se sentó y me habló muchísimo, antes de incorporarse y colocarse detrás de mí.

—Muy bien, Andy, sé que prefieres que te llamen Andy.

—Sí, lo prefiero —le repliqué.

—Muy bien; mira fijamente al puente de mi nariz, concéntrate, sigue mirando, tus ojos se están cerrando, se hacen pesados, ahora definitivamente están cerrados.

Dejé que mis ojos se cerraran y escuché su voz que me seguía hablando. Me dijo que mis ojos me seguían pesando y que este sentimiento se extendía de mis ojos a mis brazos, que cada vez pesaban más. Cuando levantaba un brazo, éste caía inmediatamente como un peso muerto. Me pidió que me concentrara en mis piernas, que estaban calientes y que empezaban a temblar. Yo seguía tumbado y totalmente relajado y sentía que en mi cuerpo pasaba lo que él decía. Entonces me dijo:

—Ahora mueve tu pierna derecha. ¿No ves cómo se mueve un poco? Vamos, muévela un poco más.

En mi mente, totalmente relajada, podía ver cómo mi pierna se movía, pero en la realidad no sentía que se elevase. Después me ordenó mover la pierna izquierda y experimenté la misma sensación.

—Muy bien, Andy. Ahora voy a contar hasta cinco y cuando llegue al número cinco, tú abrirás los ojos sintiéndote totalmente despierto, tranquilo y confiado. ¡Uno, dos, tres, cuatro, cinco! ¡Abre los ojos! ¿Te sientes bien? ¿Gozaste de tu sueño?

Parpadeé varias veces igual que cuando por la mañana quieres que tus ojos se familiaricen con la luz.

—¿Ocurrió todo lo que soñé? —pregunté.

—¿Tú qué piensas? —me preguntó.

—Sí, fue estupendo, pero yo creía que cuando estás hipnotizado te duermes y no oyes nada de lo que te dicen; yo, en cambio, podía oír todo lo que me decía.

Me explicó que no todos los hipnotizados se duermen profundamente hasta el punto de olvidar sus sueños; hay algunos que se duermen más relajadamente y recuerdan sus sueños. Charlamos un poco más y enseguida me sometió a otra hipnotización. Después llamó a mi padre y le explicó lo que había hecho conmigo, y mi padre le preguntó:

—¿Usted cree que puede ayudar a mi hijo?

—Sí, pero tendrá que venir varias semanas —contestó el señor Howorth.

Me senté en la silla de ruedas, concreté nuestra próxima cita y mi padre tuvo que pagar religiosamente diez libras por la consulta.

Durante las semanas siguientes mi padre me llevó a la ciudad dos veces. Los miércoles a la casa del señor Parker y los viernes al despacho del señor Howorth. Todo esto estaba saliendo muy caro, pero no me importaba usar mi pensión de inválido si a la postre mejoraba mi estado físico.

Creo que fui al despacho del señor Howorth durante tres meses. Nunca me dijo nada diferente de lo del primer día y nunca sentí mejoría alguna. Entonces un día, cuando llegamos a su consulta, nos presentó a un chico joven que por casualidad se llamaba también Andrew. El señor Howorth nos explicó que ese chico, Andrew, se estaba instalando en la ciudad y había leído en una revista científica acerca de un hombre que utilizó un método de hipnotización para caminar de nuevo después de un serio accidente.

Di mi consentimiento. La única dificultad era que la consulta de Andrew estaba en la segunda planta y las escaleras eran muy pronunciadas. Así que mis días de consulta tuve que pedir a Terry, y en otras ocasiones a mi cuñado John, que vinieran a ayudarme.

Por fin decidí terminar con tanta pantomima. Creo que lo único que habían hecho estos hipnotizadores era pasarse el muerto de uno a otro y quedarse ambos con una bonita suma de dinero. Lo gracioso del caso era que ambos habían utilizado el mismo método. Ambos me habían asegurado que me habían hipnotizado, pero estoy seguro que ninguno de los dos lo logró.

19 *Arreglándomelas solo*

MIS padres querían viajar al norte para visitar a unos parientes. Mi hermana Jo ya se había casado y no había nadie en casa que pudiera quedarse conmigo. Una noche, cuando estábamos hablando en busca de soluciones a mi posible soledad, me atreví a proponer una solución:

—¿Por qué no me dejáis solo en casa? Así podré llegar a saber si soy capaz de valérmelas por mí mismo porque, nos guste o no, algún día tendré que vivir solo.

Al principio, el rechazo a mi propuesta fue total, pues no creían que pudiera sobrevivir, lo cual me ofendió muchísimo.

A lo largo del año que había pasado había mejorado muchísimo y casi me sentía capaz de todo, excepto algunos detalles de mi aseo personal, y esto se podía solucionar llamando a una asistenta social. Aunque no me gustaba la idea de que la asistenta social Trimm viniera a cuidarme, sin embargo ya era suficientemente mayor como para darme cuenta de que mis padres no iban a vivir siempre, y si les sobrevivía y seguía en la silla de ruedas, tendría que tener a alguien que me ayudara.

Seguimos charlando y mi madre me preguntaba si era capaz de hacer mil cosillas de la vida diaria, hasta que al final le dije:

—Mira, mamá, puedo levantarme, vestirme, prepararme alguna bebida y algo de comer, desvestirme: ¿qué más necesito para vivir por mi cuenta?

—Pero no puedes cocinar. Nunca lo has hecho en tu vida.

—Puedo cocer unas patatas, jamón, salchichas, freír unas chuletas, comprar patatas fritas, fruta y helado —le contesté a mi madre—. Además, vuestra ausencia va a ser de cinco o seis días. Y en cuanto a mi soledad, Judy vive aquí cerquita y vendrá a visitarme todos los días. En caso de urgencia están Kate, Chris y Terry. No os preocupéis por mí.

Mi madre murmuró un «ya veremos» inaudible y el tema quedó agotado. Aprovechando mi visita al señor Parker le pregunté sobre la idea de quedarme solo en casa por unos días. Esa misma noche hablé con mi padre y volví a insistir con mi madre hasta que ambos coincidieron en darme una oportunidad, y allí mismo fijamos la fecha de su visita a los primos.

Pasaron dos semanas y llegó el día de la partida. Mi madre volvió a comprobar que todo estaba en orden. Los vi marchar y pensé si había hecho bien al insistir en quedarme solo. Pero a lo hecho, pecho. Ahora que se habían ido, volvía a vivir aquel sentimiento de mis días en el hospital cuando me venían a visitar y se iban. Me sacudí todo recuerdo y me puse a preparar todas las cosas para mi cena.

La tarde se fue despacio. Mi hermana Judy me llamó y me recordó que en caso de cualquier problema, incluso por la noche, la llamara. Por la noche llamó mi madre para decirme que ya habían llegado y para saber cómo me iba.

—Andy, ¿qué cenaste? —me preguntó.

—Mira —le dije—, he cenado patatas fritas con empanadillas de pescado y guisantes de primer plato. De postre he tomado un yogur.

—¿Te las arreglas bien?

—Bastante bien. Solamente se me cayó una empanadilla al suelo, pero la cacé y la puse otra vez en el plato.

—Andy, te mereces un monumento —me aduló mi madre.

Charlamos sobre diferentes temas y nos despedimos. Regresé a la soledad del salón, me senté, me entretuve con la televisión. Al anochecer fui al cuarto de baño y me retiré a mi habitación, no sin antes haber apagado todas las luces y cerrado la puerta principal.

Una vez en la cama me vi sumido en una total oscuridad, y por primera vez en mucho tiempo me sentí completamente solo.

Era interesante sentir en mi mente el eco de cualquier ligero ruido o sonido. «¿Qué pasaría si alguien entrara en la casa? ¿Qué haría? Por descontado que no podría levantarme y menos escapar o defenderme en caso de ataque. Mi única salvación era dejarle robar a sus anchas y no molestarle. ¿Y si se declaraba fuego en la casa?» Ésta era la principal preocupación de mis padres. Si el teléfono funcionara, llamaría a los bomberos, a Judy o a John, que vendrían a rescatarme. Era un gran alivio tener un teléfono junto a mí. Pensando en todas estas cosas, se iban diluyendo todos mis temores y poco a poco me dormí. Naturalmente no dormía demasiado bien, pues cualquier ruido extraño me desvelaba.

Por la mañana era el despertador el que ponía fin a mis sueños. Ya totalmente despierto, me montaba en mi silla y me iba al cuarto de baño. Después de asearme y vestirme me iba a la cocina a preparar el té y unas tostadas para desayunar. Ahora me daba cuenta de lo que mi madre estaba haciendo por mí, ahora que tenía que hacer las cosas por mí mismo: calentar el té, preparar la comida, mantener la casa limpia y ordenada...

Los seis días que pasé solo me vinieron muy bien, aunque las noches se me hicieron interminables. Mi arte culinario fue mejorando con el paso de los días, el temor de no ver a nadie durante el día no me afectó, ya que Judy venía todos los días y la enfermera Trimm, cada dos.

Tuve otros visitantes, como Terry y la hija de Chris, Jackie. Kate vino otra noche. En total, vi a más gente durante aquella semana que cuando estaban mis padres y mi hermana Lou.

Mis padres y Lou regresaron el lunes. Me habían llamado todos los días, así que cuando llegaron no tenía nada que contarles, ya que se lo había dicho todo por teléfono. Aquellos días que pasé solo me convencieron de mi posibilidad de sobrevivir sin la ayuda de mis padres. Eso me liberó de la idea de que en caso de que mis padres me faltaran no necesitaba ser enviado a una casa especial para inválidos.

Ya habían pasado tres años desde mi accidente, y aunque había hecho extraordinarios progresos, hasta el punto de ser casi independiente, todavía seguía soñando en llegar a andar un día. No podía renunciar a este sueño, así que me sometí a otro hipnotizador. Viajé a Londres, a un barrio aristocrático llamado Upper Wimpole Street, y muy cerca de Harley Street. Mi hipnotizador era indio, y aunque parecía muy competente, no me sirvió de nada. Además, el viaje duraba dos horas y media y me cobraba cuarenta libras por sesión. Cuando me comunicó que tenía que ir a su clínica todas las semanas, me desanimé. Además, tenía el presentimiento de que su poder hipnotizador no me iba a servir.

Con esta última experiencia renuncié al hipnotismo como medio para alcanzar mi curación.

Entonces oí hablar de otro sistema de tratamiento médico: la quiropráctica. Era un tratamiento americano practicado por un padre y su hijo en sociedad y en su casa de las afueras de la ciudad. Pedí hora para una entrevista y en la primera consulta me recibió el hijo. Hablamos y me preguntó cómo había sido el accidente. Después me introdujo en una sala donde me hizo varias radiografías de cuello. Regresé una semana más tarde y me mostró las radiografías señalando las vértebras que habían sido afectadas en el accidente. Entonces me explicó que al tener sensibilidad en mi cuerpo significaba que mis nervios no estaban afectados, así que él haría todo de su parte para ayudarme.

Durante semanas y hasta meses acudí a su consulta. Este especialista usaba dos tipos de intrumentos: primero un tipo de pistola grapadora que servía para estimular los nervios de mi cuello. El otro instrumento era un tipo de caja sobre la que tenía que descansar mi cabeza. Sin aviso previo se cerraba la caja, mi cabeza quedaba aprisionada y mi cuello giraba primero en una dirección y después en la otra. Perseveré algunos meses acudiendo a la clínica con la esperanza de que algún día mis nervios pudieran llevar las órdenes de mi cerebro a todos los músculos del cuerpo. Pero una vez más mis esperanzas y deseos no se cumplieron; una vez más había servido de conejillo de indias. Lo había intentado otra vez, pero, desgraciadamente, la quiropráctica, como la hipnotización, no habían obrado el milagro que buscaba casi con empeño fanático. El fracaso de la quiropráctica me afectó profundamente y me sentí desilusionado de todo y de todos; incluso mi trato con el señor Parker hacía mucho tiempo que había terminado.

No guardaba ningún rencor al señor Parker por el hecho de haberme ilusionado y no haberme hecho andar. Estaba triste y desilusionado, aunque era consciente de que sin su ayuda mi situación actual habría sido mucho peor. Ahora era casi independiente, tenía confianza en mí mismo y albergaba la firme esperanza de que habría alguna forma de llegar a mover mis extremidades.

Esto también lo creía el señor Parker. Si nunca le hubiera conocido, todavía estaría dependiendo de mis padres, todavía tendría miedo de girar el cuello por miedo a rompérmelo otra vez. De verdad que el señor Parker había hecho por mí todo lo que estuvo en su mano. Aunque ya no volví más a su casa, eso no significaba que le hubiera olvidado. Todavía seguía todas las mañanas, y durante dos horas, fiel a los ejercicios que me recomendó el primer día que nos conocimos. Si me mantengo en buena salud, se lo debo a él. Si mañana mismo me tuvieran que intervenir, me encontrarían en perfectas condiciones físicas y anímicas. Aunque no consiguió el milagro de verme andar, creo que le debo muchísimo.

20 *Nunca te desmoralices*

AUNQUE seguía realizando mis ejercicios diariamente, mi vida carecía de todo estímulo. Hacía los ejercicios mecánicamente, sin convicción, incluso cuando estaba bajo el control entusiasta del señor Parker. Tenía que descubrir algún nuevo interés que me ayudara a salir de mi depresión. Mis padres me habían comprado todo lo necesario para que empezara a pintar al óleo, y aunque no era ningún Rembrandt, esto me sirvió para estar ocupado y distraído. Tenía otra distracción; mejor dicho, otro vicio: hacer quinielas hípicas.

Mi padre me había inscrito en el club de quinielas y sólo tenía que dar mis apuestas por teléfono. Mis apuestas eran las más bajas, y si las carreras se televisaban, pasaba la tarde pendiente del televisor. El gozo de observar las carreras de caballos y el hecho de que mi hermano viviera en Newmarket me animó a asistir a uno de los grandes festivales organizados en verano. Mi padre me llevó por la mañana a Newmarket y mi hermano Bruce me trajo de vuelta a casa por la noche. Para mí fue una gran satisfacción acudir al hipódromo y mezclarme con miles de espectadores. Al principio estaba un poco nervioso, pero al poco tiempo me sentía totalmente integrado.

Como mi padre no me pudo llevar al año siguiente, por alguna razón, mi única solución fue hacer el viaje en tren; y eso hice. Mi padre me llevó hasta la estación. Al llegar al andén me colocó en el transportador de paquetes y correspondencia y me subieron al vagón de equipajes. Mi padre esperó hasta la salida del tren, y entonces se despidió de mí. Era la primera vez que viajaba en tren desde mi accidente, y como mis piernas todavía no me ayudaban a andar, me entretuve viendo cómo se balanceaban al tiempo que el tren iba aumentando de velocidad. Al frenar el tren en cada estación, me veía obligado a agarrarme fuertemente a la silla para no caerme al suelo. Una vez superados estos problemas, me sentaba tranquilamente y gocé contemplando el paisaje a través de la ventanilla del tren, por cierto muy sucia. No me importaba viajar en el vagón de equipajes y ver el rostro de sorpresa de algunos pasajeros que llegaban hasta el vagón a depositar sus bicicletas. Yo adivinaba en sus rostros la permanente pregunta: «¿Qué estará haciendo este individuo aquí?»

El viaje duró una hora y en la estación de Newmarket me esperaba Bruce. Me ayudó a bajar del vagón, me llevó al bar de la estación para una consumición y directamente nos fuimos al hipódromo. El día fue maravilloso y aquella misma noche Bruce y su mujer Jackie me llevaron a casa y se quedaron conmigo durante todo el fin de semana. Acudí a esas carreras cuatro años consecutivos y tuve que hacer los dos últimos viajes en tren a la ida y a la vuelta. La razón fue porque mi hermano y su mujer se habían divorciado. Fue una situación triste, no sólo para ellos, sino para toda la familia; pero hay situaciones insostenibles cuando dos personas son muy orgullosas y ninguna quiere reconocer sus propios errores.

No solamente me atreví a ir a las carreras de caballos al año de dejar la tutela del señor Parker, sino que empecé a recobrar amigos. Entre ellos estaba Bob. Venía a casa y me llevaba a todas partes; a visitar las calles del pueblo, me bajaba al río, me acercaba al club... Después de hacer de cirineo durante mucho tiempo, un día me llevó a visitar a sus padres. Estábamos charlando en el salón cuando la madre de Bob mencionó a un joven que vivía en su urbanización y que había ido a visitar a unos curanderos religiosos carismáticos. Me preguntó si me gustaría acudir a esos curanderos.

—No me ha pasado por la cabeza, señora Hammond —le dije.

—Este muchacho sufría de eccema y otras molestias y parece que esta gente le ha ayudado muchísimo —me explicó ella.

Al instante pensé que no me haría ningún daño intentarlo. Quizá hasta me ayudaran.

Le dije a la señora Hammond si podía conseguirme la dirección, y al cabo de dos días Bob me la trajo. Aquella misma noche llamé y concerté una entrevista para el fin de semana.

Quería ocultar esta visita a mis padres, por eso me busqué a alguien para que me llevara. Soñé, incluso, que podía darles la sorpresa de su vida si volvía a casa andando después de que los curanderos pusieran sus manos sobre mí. Porque yo creía en los milagros.

Desgraciadamente, mi sueños no se convirtieron en realidad. Cuando llegué a su casa advertí que eran unos vecinos más en un bloque de casas baratas. Me invitaron a pasar a su pequeño salón. Me preguntaron cómo ocurrió el accidente y me dijeron con sinceridad que lo único que podían hacer por mí era imponerme sus manos para que su poder curativo llenara mi cuerpo de energía. La pareja puso sus manos sobre mi cabeza, luego sobre mi espalda, mis manos y mis piernas.

Era un matrimonio mayor, pero bastante sencillo y agradable. Una vez que terminaron sus oraciones, les pregunté si les debía algo.

—Nosotros no pedimos dinero —me contestaron—, pero si quieres darnos algo para ayudar a pagar nuestra cuenta de calefacción, te lo agradeceremos.

Deposité en sus manos dos libras y acordamos vernos la siguiente semana.

Esta semana había sido el señor Hammod quien me había transportado hasta la casa de los curanderos. La semana siguiente sería mi hermana Jo. Todo lo hicimos en secreto para que nuestros padres no se enteraran. Después de dos visitas y cuando nada había sucedido les dije a mis padres dónde había estado. No les sorprendió en absoluto y fue mi padre quien me llevó la siguiente semana. Al cabo de unas semanas más me despedí de los viejos curanderos.

Después de abandonar a esta pareja acudí a otros curanderos. Nunca me olvidaré de un servicio religioso para enfermos que tuvo lugar en una pequeña iglesia en las afueras de mi ciudad. Un famoso curandero había anunciado su presencia y allí estaba yo en segunda fila. Delante de mí había un joven en peores condiciones que yo, lo que me llevó a pensar: «Si alguien merece ser curado, es este chico que está delante de mí».

La iglesia estaba totalmente abarrotada, hasta el punto que tuvieron que buscar sillas extras. El servicio religioso empezó con varios cantos. Un hombre se puso de pie y empezó un sermón, interrumpido por constantes «aleluyas». Entonces el famoso curandero empezó a imponer sus manos sobre aquellos enfermos que lo deseaban. Al acercarse a mí, recé en mi corazón: «Señor, permite a este hombre que me cure con sus manos. Señor, que mi curación sea una realidad». Antes de que llegara mi turno observé cómo imponía las manos al chico que estaba delante de mí, pero no pasó nada; luego impuso las manos a un hombre mayor, imposibilitado de ambas piernas y que tenía que servirse de unas muletas. Cuando el curandero le tocó, le ordenó que saltara; el hombre obedeció y se puso de pie, aunque no había podido hacerlo durante los últimos diez años.

Escuché al curandero que decía: «Tu turno». Puso sus manos sobre mi frente y rezó: «Señor, a través mío cura a este joven sentado aquí. Señor, que pueda andar otra vez». Yo cerré los ojos y al abrirlos vi con desesperación que no podía mover las piernas y seguía prisionero de mi silla torturadora.

El curandero carismático siguió imponiendo las manos hasta que concluyó el servicio religioso. Para mí no había llegado la hora del milagro. Regresé a casa absolutamente abatido.

Después de intentar mi curación por la fe, por hipnotismo, y sin resultados positivos, caí en un estado profundo de depresión. No era por haber participado, sino porque no había conseguido nada. Cuando intentas algo nuevo, tienes la esperanza de una mejoría inmediata, pero cuando toda esperanza se desvanece, entonces te sientes desmoralizado. Es fácil decir: «Bueno, debes confiar totalmente» o «No debes poner toda tu esperanza en ese hombre», pero si no tienes fe en tu propia curación, es inútil buscarla fuera de ti mismo. Es meterse en un círculo vicioso. Después de tantas desilusiones era difícil escuchar y creer que había algún método nuevo o alguien que pudiera ayudarme a andar.

Fue un día en que mi moral estaba por los suelos cuando vino a visitarme mi amigo Tony. La última vez que le vi había sido en el hospital. Nos hicimos amigos cuando Kate y yo participábamos en el grupo de teatro de Ipswich. En realidad, nunca actué en el teatro: mi misión era mover el tinglado que rodea las representaciones de una obra. De verdad que me gustaba el trabajo. Tony vino a decirme que los miembros del grupo teatral habían reunido algo de dinero y querían saber qué me podrían comprar. No se me ocurrió nada; entonces Tony sugirió un juego de televisión que podía ser una excelente terapia para los dedos. Se lo agradecí y escribí una carta en el mismo sentido a todo el grupo teatral.

Cuando Tony vino otra vez a visitarme me dijo que sus padres también eran curanderos y me preguntó si me gustaría verlos. Dudé al principio, pues en realidad había visitado demasiados curanderos. Me dijo que lo pensara. Finalmente decidí ir a verlos, consecuente con mi vieja teoría de que «cuando no hay nada que perder y mucho que ganar, debería aceptar cualquier sugerencia».

Fui a verlos una vez por semana durante un año, y tanto su madre como su padrastro se portaron maravillosamente. Por primera vez noté algo en mi cabeza y en mis piernas cuando su madre me impuso las manos. Era un calor especial lo que aquella mujer me comunicaba, juntamente con un sentido enorme de tranquilidad. Pero a pesar de que aquella mujer poseía poder curativo, no consiguió mejorar mi estado físico. A pesar de no haber podido realizar el gran milagro de mi curación, me convencieron de que podía vivir perfectamente en el estado en que me encontraba. Mi meta era mi curación total; sin embargo, desde que los visité, me di cuenta de que estaba más tranquilo y me aceptaba mucho mejor a mí mismo. No me sermonearon y casi nunca mencionaron la religión en sus conversaciones, pero me convencieron de que poseían algún tipo de impresionante fuerza espiritual. Siempre les estaré agradecido por todo lo que hicieron por mí.

Mis relaciones con Kate hacía tiempo que habían terminado. Kate llevaba casada un año y todavía nos considerábamos amigos. Siempre que venía a visitar a sus padres me llamaba para que fuera a verla o ella viniera a verme. Nuestra amistad era sincera y estaba basada en el entendimiento mutuo. Pero a partir de unas Navidades nunca más supe de ella. Hasta aquellas Navidades nos habíamos visto a menudo e incluso intercambiado regalos. Pasaron los meses y Kate nunca más apareció por mi casa. Esto me tenía preocupado, pues no sabía en qué la había podido ofender. Pensé que quizá se había hartado de mí, o que su marido le había prohibido venir a verme. Aunque mi amistad con Kate había terminado definitivamente, todavía mantenía una gran amistad con el resto de su familia.

Los años que habían pasado desde mi accidente me habían enseñado muchísimo acerca de mí mismo y de los demás. Antes del accidente creía que el dinero lo era todo. Recuerdo que cuando trabajaba, lo pasaba muy mal por no tener dinero para comprarme un coche o lo poco que me duraba cuando salía los fines de semana. Pensaba que mi vida sería maravillosa si me tocara la lotería. Ahora, aquí estoy postrado en esta silla y con más de medio millón de pesetas en el banco, que he podido ahorrar durante los cinco últimos años, pero estoy mucho peor que cuando no tenía dinero.

Es curioso escuchar a la gente quejarse siempre de sus apuros económicos, pero se olvidan de que son infinitamente más afortunados que muchísima gente que ellos ignoran o envidian.

Me escandaliza el interés que pone la gente en cosas materiales: ser propietarios de sus casas, comprar los mejores muebles, el mejor coche del mercado para aparcarlo frente a su casa para dar envidia a los vecinos.

Aunque está bien poseer todas estas cosas que muchos solamente gozan en sus sueños, sigo creyendo que son cosas importantes, pero no esenciales. Para mí una persona rica es aquella que tiene buena salud y muchos amigos. Ésta es mi filosofía: un coche nuevo o una casa lujosa no pueden escucharte cuando te sientes deprimido y mucho menos ofrecer cariño. Tampoco pueden visitarte cuando estás enfermo en el hospital o en tu lecho de muerte. Mucha gente vive en soledad porque piensa que poseer es más importante que compartir; porque prefieren tener cosas a tener amigos.

Quiero expresar mi agradecimiento a los que han permanecido como amigos míos durante estos últimos años. Sin su amistad y cariño no hubiera podido sobrevivir a mi absurdo accidente. Aunque a veces no lo manifieste, estaré siempre en deuda con ellos.

Todavía me queda una maravillosa familia y amigos que vienen a verme regularmente, aunque también echo de menos una relación más estrecha con alguien del sexo opuesto. Además de esa relación sexual, también echo de menos poder compartir mi vida con otra persona, compartir su afecto, charlar y salir de casa juntos, amar y ser amado y vivir en sintonía una larga vida.

Ahora salgo poco de casa, y si saliera mucho más, dudo que encontraría a alguien que se enamorara de mí. Hace mucho tiempo que no he utilizado palabras de enamorado, y sé que difícilmente me vendrán a los labios. Suponiendo que encontrara a alguien que me amara, que se enamorara de mí, y que pudiéramos amarnos y gozar de nuestra compañía, y que una noche nos encontráramos solos y que todo dependiera de mí, estoy seguro de que para cuando le desabrochara el sujetador y le quitara la blusa, sería medianoche y el tiempo de separarnos. Supongamos que yo llegara a tener mi propia casa y ella me pidiera quedarse. Camino de mi dormitorio tendría que decirle: «Espera un minuto, pues tengo que ir al servicio a quitarme la bolsa de la orina». Eso la molestaría al máximo. Si existe una mujer para mí, tendría que ser muy comprensiva, muy especial, y llegado el momento del amor, ella tendría que hacer todo el trabajo. Supongamos que alguien me ama y quiere vivir conmigo; entonces tendríamos que casarnos o vivir juntos. Pienso que sería más fácil vivir sencillamente juntos: así sería más fácil separarnos si las cosas empezaran a complicarse o si ella encontrara la vida insoportable conmigo. Para terminar, en el caso hipotético de que me uniera sentimentalmente con alguien y tuviéramos que separarnos, creo que no habría ni rencor ni desilusión por mi parte: solamente comprensión y afecto por haber intentado hacerme feliz.

Ya estoy llegando al final de mi libro. Al leerlo has tenido que imaginarme como un chico normal, que al mismo tiempo que trabajaba acudía a un colegio profesional, hasta que un día desgraciado, regresando a casa en moto, chocó contra un camión y todo cambió, todo en mi vida quedó patas arriba. Has vivido conmigo todas mis experiencias en el hospital, conoces a mi familia y a los amigos que me fueron fieles y nunca me abandonaron en mis horas bajas.

Después has sido testigo de mi vida en casa y de mi lucha por devolver a mis piernas su vitalidad y movimiento. A este fin he visitado especialistas de huesos, hipnotizadores, quiroprácticos, curanderos carismáticos y curanderos a secas. En cuanto a mi familia, qué deciros. Imposible tener un padre mejor. Él me llevó donde quiera asomara una posibilidad de curación por mínima que fuera. Me ha ayudado mucho más que lo que pueden expresar mis palabras. Qué decir de mi madre, que me ha amado y cuidado como ninguna madre lo podrá hacer mejor. Su amor y bondad han sido legendarios. Después, mi hermana pequeña Lou, ya no tan pequeña, que se ha comportado maravillosamente conmigo. Siempre estuvo pendiente de mis deseos.

Hay otra persona sin cuyo amor y ánimo en mis meses de hospital no habría sobrevivido. Se trata de Kate, naturalmente. Después me vienen a la memoria muchos amigos que fueron formidables, como Chris, Terry y sus hijos Jackie y Darren, la familia de Kate. Mis viejos amigos George y Dot, además de Terry, Bob, los Howards, que me visitaron frecuentemente. También me acuerdo de Silvia, que me ha escrito muchísimas cartas.

Éstos que menciono son unos pocos. A todos ellos quiero agradecerles su continua ayuda, y al resto de mi familia: a mi hermano Bruce y a mis hermanas Bren, Judy y Jo, y a sus respectivos maridos e hijos quiero testimoniarles mi agradecimiento. A todos, gracias, muchísimas gracias.

He tardado casi doce meses en escribir este libro. Lo he escrito a máquina y usando mis dos dedos índices. Confío en que te haya gustado. Para terminar, te dejo mi eterno consejo: SI TÚ, LECTOR DE ESTE LIBRO, SUFRES DE ALGUNA DEFICIENCIA FÍSICA, POR FAVOR, NO TE DESANIMES, SUPÉRATE; VALE LA PENA VIVIR.

Confío poder andar algún día, y ése es un sueño que jamás abandonaré.

A modo de epílogo

DESDE que Andy Tricker escribió este libro, ha habido importantes avances en su vida. Ha conseguido su carné de conducir y ha empezado a andar auxiliado por unas andaderas. Aprender a andar constituye para Andy una auténtica obsesión, y aunque solamente puede dar unos pasos, está decidido a mantener vivo su ideal de llegar a andar y a conseguirlo.

Andy también está a punto de escribir un segundo libro, que será una continuación del que acabas de leer.

Índice